「全身全霊でそなたを愛すると誓う」
ひしひしと伝わってくる彼の熱い思いに、身体の熱が高まっていく。

Cocktail Kiss Label

虎の王様から求婚されました

伊郷ルウ

Ruh Igoh

この物語はフィクションであり、実在の人物・団体・事件等とは、いっさい関係ありません。

Contents

イラスト・古澤エノ

虎の王様から求婚されました

第一章

宮崎玲司《みやざきれいじ》は日本の遙か南に位置するナラタワ島で、野生動物の保護活動をしている。

熱帯雨林の島々には数多くの野生動物が生息しているが、なぜかナラタワ島ではネコ科の動物だけが絶滅していた。

獣医になるのが夢で獣医師の資格を取ったが、幼いころから好きだったトラへの思いが捨てきれず、動物生態学を学ぶため大学院に進んだ。

ナラタワ島のことは、大学院で学んでいたときに偶然、知った。

珍しい事象に驚くとともに興味を惹かれ、大学院の修了を待たずにナラタワ島にある野生動物保護センターで働き始めたのだ。

かつては近隣の島々と同様に、トラ、ヤマネコ、ウンピョウなど数多くのネコ科の動物が生息していたというのに、ナラタワ島ではある時期を境にまったく存在が確認できなくなったという。

特定の種のみが絶滅したというのであれば納得もできるが、ネコ科の動物のすべてが時を同じくして姿を消すなど信じ難い。

いまも島のどこかにいるのではないか――。

玲司はそうした思いが強くあり、現在も島で暮らしながら、生息している野生動物の保護活動をし、絶滅したと言われるネコ科の動物の形跡を辿《たど》っていた。

日本を離れることに不安はまったくなかった。

両親を早くに亡くし、兄弟もなく育った玲司にとって、ナラタワ島はすでに新たな故郷のようなものになっている。

ナラタワ島での暮らしは充実していたが、着任してから一度もネコ科の動物とは遭遇していない。

それが、ちょうど二年目を迎えた昨日、なんとも奇跡的な発見があった。

いつものように森林区域を巡回している最中、ネコ科の動物のものと思われる足跡を見つけたのだ。

「絶対にトラとかヤマネコの足跡だと思うんだよなぁ……」

ひとり森林区域に入った玲司は、昨日に引き続き残された足跡を注意深く追っている。

足跡はさほど鮮明ではなかったけれど、ネコ科の特徴を持っていた。

学生時代にトラはもとよりネコ科の動物に関しても学んできた玲司であっても、足跡だけで確信するまでには至っていない。

「このあたりに……」

地面を凝視しつつ歩く玲司は、紺色の長袖のシャツと長ズボンにサファリハットを被《かぶ》り、腰に大きめのウエストポーチを巻いていた。

日本では涼しくなり始める九月下旬でも、ナラタワ島では日中の気温が極めて高く、空気は常に湿っている。

外にいるだけで肌がじっとりとし、歩けば瞬く間に汗が噴き出すのだが、長い島暮らしで暑さにはもう慣れていた。

「もう少し奥まで行ってみよう」

ジャングルの奥へとさらに足を進める。

足跡を発見後、同僚たちに確認してもらった。

けれど、ネコ科の動物が絶滅したと信じている彼らは、偶然にできた形であって足跡ではないとの見解を示した。

ナラタワ島で長きにわたって生息が確認できていないのだから、足跡など残るわけがないのだと言われても、存在している可能性があると考えているから簡単には納得できない。

だから、探すだけ無駄だと同僚たちに笑われながらも、ひとり足跡の捜索を始めたのだ。

さんざん歩き回ったこともあり、もう日が暮れようとしている。

野生動物が暮らすジャングルに照明などあるわけもなく、日没とともに真っ暗になってしまう。

もう戻るべき時間ではあるのだが、あと少しといった思いが強くあって足を進める。

「あっ！」

地面に目を向けて歩いていた玲司は、新たな発見に思わず声をあげてその場にしゃがみ込んだ。

「間違いない、新しい足跡だ」

湿った地面にくっきりと残った肉球の形に胸を弾ませ、しゃがんだままあたりを見回す。

「やっと見つけた」

足跡はきわめて鮮明で、トラが残したものだと確信した。

できたばかりとおぼしき足跡から、すぐ近くに身を潜めている可能性がある。

足跡からさほど大きな個体とは考えにくいが、野生の肉食動物である以上、場合によっては身に危険が及ぶかもしれなかった。

「落ち着け、落ち着け……」

逸《はや》る気持ちを抑えつつ、静かに立ち上がって足跡を追跡する。

ナラタワ島で確認されているのは、サイ、カモシカ、サル、イノシシ、クマ、ゾウで、それぞれの生息区域が異なる。

玲司が足跡を発見したジャングルはサルの縄張りになっていて、他と比べて安全な区域であることからひとりで立ち入ることが許されていた。

「無理にでも一緒に来てもらえばよかったなぁ……」

トラの足跡だと確認できたがゆえに、ひとりで来てしまったことを後悔する。

「出直したほうがよさそうだな」

自分だけでは危険すぎると感じ、ウエストポーチからカメラを取り出して足跡を撮影した。

これだけはっきりとした足跡を見れば、同僚たちも捜索に協力してくれるはずだ。

「やっぱりいたんだ……」

嬉しさに頬を緩めつつ撮影した写真を確認した玲司は、名残惜しい思いで改めてあたりを見回した。

「うん？」

どこからともなく聞こえてきたかすかな物音に、息を殺して耳を澄ます。

また聞こえてきた。

葉を揺らす音だ。

「まさか……」

足跡の主が草むらに身を隠しているのかもしれない。

引き返すべきなのはわかっていたが、ずっと探し続けてきたネコ科の動物、それも研究対象としてきたトラがそこにいるかもしれないと思うと、背を向けることなどできなかった。

玲司は細心の注意を払いながら、忍び足で草むらに近づく。

「あっ……」

小さな声をもらし、咄嗟に足を止める。

草むらからおぼつかない足取りで、小さな四本脚の動物が出てきたのだ。

躯《からだ》全体が、特徴的な黄金と黒の縞模様に覆われている。

「いた……」

ネコ科の動物の存在を信じてきたにもかかわらず、あまりにも急すぎて唖然としてしまう。

玲司はその場に立ったまま、絶滅したと言われてきたトラの子供を凝視する。

「えっ？」

目の前で急に子トラが頽《くずお》れるように地面に横たわった。

ヨロヨロとした歩き方をしていたのは、まだ幼いからだと思ったのだが、どうも様子がおかしい。

口を半開きにした子トラは、舌をだらんと出したまま荒い呼吸を繰り返している。

「どうしたの？」

跳びはねたいくらい嬉しかったが、それどころではなくなった。

具合が悪そうな子トラに、あたふたと駆け寄る。

躯を横たえて頭を地面に落としている子トラは、かなり弱っているように見えた。

体長が四十センチほどだから、生後一、二ヶ月といったところだろうか。

本来であればまだ母親と一緒にいるはずだが、耳を澄ませても近くにいる気配が感じられない。

「お母さんと一緒じゃないの？」

息苦しそうな子トラが心配で、優しく声をかけながら躯をさすってやる。

野生動物の子供が親とはぐれ、単体で行動しているのを発見するのは珍しくない。

子トラが弱っているところをみると、何日も母親と離れていた可能性が高い。

「とにかく保護しないと……」

親が探しているとも考えられるが、ここまで弱っている子トラを置き去りにできるわけもなく、玲司はそっと抱き上げた。

ぐったりとしている子トラは、ほんの少しの抵抗もしない。

早くなんとかしなければと急いでその場を離れ、ジャングルを出たところに設けられているコテージへと向かう。

保護センターは島の外れにあるため、遠く離れた生息区域には数日の滞在ができるよう、簡易ながらも設備が整ったコテージが建てられているのだ。

「大丈夫かな？」

いきなり母トラが飛び出してこないともかぎらず、子トラを抱えた玲司は幾度も振り返りながらジャングルの外へと急いだ。

一気に汗が噴き出してきたが、弱っている子トラをなんとかしなければとの思いでかまわず走った。

「ふぅ……」

ようやくジャングルを抜け、コテージが見えたところで安堵のため息をもらし、改めて子トラに目を向ける。

「もう大丈夫だよ」

子トラを抱いたままコテージの階段を上がってドアを開け、薄暗い部屋に足を踏み入れた。

家具は簡素な二段ベッド、机、椅子だけ。

とはいえ、小さなキッチンとトレイもあり、作り付けのクローゼットもあるから不自由はしない。

「ここでいいか……」

ぐったりしている子トラを床に下ろすのが躊躇《ためら》われ、整えられたベッドに横たわらせる。

この島でトラを見るのも触れるのも初めてだが、学生時代に学んできたから知識は豊富だ。

「こんなに小さいんだから、まだお乳を飲んでる時期だな」

子トラに「大丈夫だよ」と声をかけたものの、ミルクなどコテージに用意されているわけもない。

「とにかく水分補給をしないと……」

玲司はキッチンにある小さめのボウルに水を入れ、子トラが横たわるベッドの端にそっと腰を下ろす。

小さな頭を片手で支えてやってボウルを近づけると、子トラが鼻をヒクヒクと動かした。

「舐めてごらん」

いったんボウルをベッドに下ろし、水に濡らした指先で子トラの鼻をちょんと叩く。

子トラが反射的に長い舌で鼻先を舐めた。

かなり弱っているようではあるけれど、これなら自分で飲むかもしれない。

そう思った玲司は、子トラの躯をそっと起こし、顔をボウルに寄せてやった。

「さあ、お水だよ」

改めて鼻先に水をつけてやる。

すると子トラがボウルに自ら顔を近づけ、またしても鼻をヒクヒクと動かし、しばらく嗅いだあとに音を立てて飲み始めた。

「美味《おい》しいかい？」

一心不乱に舌を動かして水を飲む子トラを、安堵の笑みを浮かべて見つめる。

自発的に水を飲むだけの力は残っていた。

すぐにでも栄養のあるミルクを与えれば、子トラも元気になるだろう。

けれど、車での長距離移動に堪えられる保証はない。

一晩、コテージで休ませ、夜が明けてから保護センターに連れて行くべきだ。

「もういいのかな？」

水をたっぷり飲んだ子トラは、躯を横たえて口の周りを舐め回している。

「これだけ色が違う……」

子トラの白いヒゲの中に、一本だけ茶色のヒゲを見つけた。

ちょっとした発見が嬉しくて、ひとり頬を緩める。

「可愛いなぁ……」

野生のトラではあるけれど、まだ幼いこともあって大きめの猫を見ている気分だ。

無心にペロペロしている姿が、なんとも愛らしかった。

発見した当初は瀕死の状態に思えた子トラも、水を飲んだだけで少し回復したところをみると、空腹よりも疲れが勝っていたのかもしれない。

なんらかの理由で母親とはぐれてしまったのだろうが、さほど日数は経っていないような気がしてきた。

「子トラがいたんだから、絶対に親のトラもいるはず……いったいどこに……」

喉を潤して眠気をもよおしたのか、子トラはフゥと大きな息を吐き出すと、頭をベッドに落として目を閉じてしまった。

人間を警戒するでもなく、気持ちよさそうに寝始めた子トラを眺めつつ、ナラタワ島では絶滅したと言われているネコ科の動物を保護した奇跡に胸を躍らせる。

これは間違いなく大発見なのだ。

子トラを目にした保護センターの同僚たちは、いったいどのような反応を見せるだろうか。

「お水はここに置いておくから……」

ベッドから腰を上げてボウルを床に下ろした玲司は、ふと子トラを振り返る。

「まだベッドから飛び降りるのは無理か……」

そのまま寝かせておいてやりたい思いがあるが、また水が飲みたくなったときのことを考えると、別に寝床を用意してやるべきだろう。

ベッドの上の段から上掛けを引きずり下ろし、丁寧に畳んで床の隅に置く。

その横にボウルを移動し、すっかり眠ってしまった子トラをそっと寝床に運んだ。

これで、目が覚めてもすぐに水を飲むことができる。

「気持ちよさそう」

横たわったまま四肢を思い切り伸ばし、それから前脚で顔を覆った子トラを見て、自然と頬が緩んだ。

朝には歩けるくらい元気になっていてほしい。

そんな思いを抱きながら、冷蔵庫を開けてミネラルウォーターとサンドイッチを取り出す。

「はぁ……」

安心したせいか、急に腹が減ってきた。

コテージで一夜を明かすつもりだったから、夕飯の用意はしてある。

硬めのパンに焼いたチキンと葉野菜を挟んだだけの、しごく簡単なサンドイッチと水だけだが、食にこだわらない玲司は腹が満たせればそれで充分だった。

「もう一泊するのは無理だからなぁ……」

サンドイッチをかじりながら、明日のことに思いを馳《は》せる。

子トラがいるのだから、親のトラがいるのは間違いない。

一刻も早く探しに行きたいところだが、コテージに滞在するだけの用意がないのだ。

「まあ、トラを保護センターに連れて行き、改めて食料を持ってコテージに戻ってくるしかない。子トラが生息していることがわかったんだから、そんなに急がなくても大丈夫かな」

逸る気持ちをどうにか抑えた玲司は、スヤスヤと眠る子トラを眺めつつ、サンドイッチを食べていた。

＊＊＊＊＊

「ん？」

ふと目覚めて寝返りを打った玲司は、なんの気なしに床へ目を向けた。

「えっ？」

床に用意した寝床で眠っていた子トラの姿がない。

玲司がベッドに入る前には躯を丸めて眠っていたのに、いまはもぬけの殻になっている。

身体を起こして部屋を見回してみるが、やはり子トラの姿はなかった。

鬱蒼としたジャングルから離れた場所に建つコテージは、夜になっても窓から差し込む月明かりで真っ暗にはならない。

「まさか……」

ベッドの下に隠れているのかもしれないと、身を乗り出して覗き込んでみた。

「いない……」

コテージのドアは閉まっているし、窓ガラスも木戸もないけれど、高い位置にあるから子トラが乗り越えるのは難しい。

けれど、子トラは外に出られるはずのないコテージから姿を消した。

心配でしかたない玲司は、急いでベッドから下りてドアを開ける。

「なっ……」

目に飛び込んできた光景に、思わず息を呑んだ。

巨大なトラが数メートル先を歩いている。

それも、子トラを咥《くわ》えているのだ。

親のトラが子トラを迎えに来たのだろう。

「で……でも……」

いったい、ドアが閉まっているコテージに、どうやって入ってきたというのか。

玲司はドアを開けてコテージから出てきた。

ドアがきちんと閉まっていたのは間違いない。

ジャンプをすれば前脚が窓に届くだろうが、巨大なトラがくぐり抜けられるほどの大きさではないのだ。

ぜったいにコテージに入れるはずがないのだから、わけがわからなくて混乱する。

「待って！」

玲司は衝動的に走り出していた。

巨大なトラを追いかけるなど馬鹿げた行為だ。

そんなことはわかっているけれど、追いかけずにはいられなかった。

「ちょっと待って！」

大きな声をあげて走る玲司を、ふと脚を止めた巨大なトラが玲司を振り返る。

目が合った瞬間、玲司はぎょっとして立ち止まった。

さすがに距離が近すぎる。

襲われるかもしれないといった恐怖に、まったく身動きが取れない。

「世話になったな」

立ち尽くすしかできない玲司の耳に、どこからともなく声が聞こえてきた。

紛れもない人間の声を耳にし、慌ててあたりを見回す。

いくら目を凝らしたところで、周りに人などいるはずもない。

「あっ……」

唖然としている玲司を残し、子トラを咥えた巨大なトラはどんどん遠ざかっていく。

足が動かないまま、ジャングルへと消えていく親子とおぼしきトラをただ見つめる。

「世話になった……」

子トラを保護した礼とも取れるが、トラが言葉を話せるわけがない。

子トラを咥えたままの呻《うめ》きが、人間の言葉のように聞こえたのだろうか。

「空耳だよな」

自分以外に人はいないのだから、そう思うしかない。

とはいえ、巨大なトラがどうやってコテージに入り、子トラを連れ出したのかは甚《はなは》だ疑問だ。

もしかしたら、ドアをきちんと閉めていなかったので、躯で押し開けることができたのかもしれない。

「でも、閉められないよなぁ……」

出たあとにトラがどうやってドアを閉めたのかを考えてみても、可能性がありそうなことはなにひとつ浮かんでこなかった。

「おかしなことばっかりだ」

考えても無駄だと諦めた玲司は、肩で大きく息をついてからコテージに向かって歩き出す。

子トラが親と再会できたことを喜ぶべきだろう。

これでお乳を腹一杯、飲むことができる。

それに、ナラタワ島で絶滅したと言われていたネコ科の動物を発見できたのは、なにより大きな収穫だ。

トラの確認ができたことにより、正式なネコ科の動物の捜索活動ができるようになる。

「あっ、そうか……」

小さな声をもらして足を止めた玲司は、その場で天を仰ぐ。

ネコ科の動物の生息を証明する子トラがいないのだ。

写真を撮っておけばよかったと、いまになって後悔した。

「朝になっても足跡が残ってるといいけど……」

証拠となるのは、ジャングルの中に残された足跡だけ。

雨が降らなければ、子トラだけでなく巨大なトラの足跡を撮影することができるはずだ。

「スコールがありませんように」

早起きをして足跡を探しにいこうと決めた玲司は、天を仰いだまま手を合わせて真摯に祈っていた。

第二章

一夜明けてジャングルに入った玲司は、雨が降らなかったことに感謝しつつ、鮮明に残るトラの足跡をカメラで撮影している。

地面に残っているのは大きなトラの足跡のみだ。

子トラを咥えた親トラのものと思われる。

「これだけ足跡が残ってても、みんなが信じてくれなかったらどうしよう」

シャッターを切りつつ、苦笑いを浮かべた。

「やっぱり個体の写真を撮りたいよなぁ……」

足跡をこのまま追っていけば、トラの親子と遭遇するかもしれない。

もしかしたら、群れで生息している可能性もあるのだ。

彼らをもう一度、この目で見たい。

生きている証《あかし》としてカメラに収めたい。

そう思うと、足跡を撮影しただけで引き返す気にはとてもなれなかった。

あたりを丹念に窺《うかが》いつつ、先へと進んでいく。

「あれ？」

それまでくっきりと残っていた足跡が、急に途絶えてしまった。

地面の状態に変わりはないのだから、足跡が消えるのは妙だ。

「そんなはずは……」

目を皿のようにして、しきりに足跡を探す。

太い樹の幹も丹念に調べる。

枝を伝って移動をした可能性も考えられるからだ。

「ないな……うわっ」

樹の幹に気を取られて足下を見ていなかった玲司は、張り出していた太い根に蹴躓《けつまず》いてしまう。

「はぁ……」

なんとか幹に抱きついて体勢を立て直したのも束《つか》の間、水が溜まって緩んだ地面に足を取られる。

「やばっ……」

柔らかな地面に足が呑み込まれていき、慌てふためいて幹にしがみつこうとしたけれど、まるでなにかに引っ張られているかのように身体が沈んでいく。

「ひゃぁ――――っ」

幹にしがみつくこともままならなくなり、腰、胸、肩までが泥濘《ぬかる》んだ土に埋もれ、ついには顔が沈み始めた。

「助けて――――！　誰か――――っ……」

恐怖に駆られて叫んだ声が虚しくジャングルに響く。

もがけばもがくほど身体が沈んでいく

なにがどうなったのかさっぱりわからない。

もはや手足を動かすことすらできなくなっている。

（助けて……）

まだ死にたくない。

こんなふうに死ぬのは嫌だ。

ナラタワ島での生活にもようやく慣れ、保護活動にやり甲斐を感じているのに。

絶滅したと言われていたネコ科の動物を、やっと発見したのに。

なにも成し遂げていないのに、これで人生が終わってしまうなんてあんまりだ。

（誰か……）

泥で口が覆われて声すら出せなくなった玲司は、息苦しさと恐怖に意識を失っていた。

＊＊＊＊＊

「んんっ……」

遠くから聞こえてくるざわめきに、玲司は重い瞼を上げる。

目に飛び込んできたのは、見覚えのあるジャングルの景色。

どうして真上に青い空があるのだろうか。

まだ頭がぼんやりとしていて思考が定まらない。

「人間は危険な生き物よ」

「早く殺してしまわなければ」

「そうだ、そうだ、火あぶりにしてしまおう」

空を見上げている玲司の耳に、なんとも物騒な話し声が飛び込んできた。

「おい、人間」

「っ……」

肩を蹴られた痛みに顔をしかめると、大きな男が玲司を跨《また》いできた。

膝丈の白い布を身体に斜めに巻きつけ、細い革紐を腰に巻いている。

両の肩と腕は剥《む》き出しで、どこかの民族衣装のようでもあった。

「おい、聞いているのか？」

声高に言って高い位置から見下ろしてくる男を、息を呑んで凝視する。

驚きが大きすぎて声も出ない。

（なんで耳が……）

まだ夢の中にいるのだろうか。

でも、蹴られた痛みは本物だった。

夢でないならば、どうして獣の耳が生えた人間が目の前にいるのだ。

（うそっ……）

さらなる驚きに、ぽかんと口が開いてしまう。

獣の耳だけでなく、男の背後で揺れる長い尻尾に気づいたのだ。

顔立ちと長い手足は紛れもなく人間のものだが、なぜか毛に覆われたふさふさの耳と尻尾がある。

獣なのか、人間なのか。

そもそも、これは夢なのか現実なのか。

状況が把握できない玲司は、ただただ目を丸くして大きな男を見上げた。

「さあ、来るんだ」

低い声で言い放った男が、乱暴に腕を掴《つか》んでくる。

腕に食い込んでくる指の強い痛みに、これは夢ではないのと悟った。

(そんな馬鹿な……)

獣の耳と尻尾を持つ生き物が現実にいるなんて、そう簡単に信じられるわけがない。

「火あぶりの用意をしてくれ」

腕を掴んでいる男の指示に、自分が危機的状況にあるといまさらながらに気づき、なりふり構わず逃れようと足掻《あが》く。

「おとなしくしていろ」

「やめて、殺さないで……」

大きな身体で押さえ込まれ、動きを封じられた玲司に戦慄が走る。

「震えてるなんて、人間って意外に臆病なのね」

あざ笑うように言った女性が、玲司の顔を覗き込んできた。

たいそう可愛らしい顔をしているが、やはり毛に覆われた耳が生えている。

身につけているのは男と同じもので、裾が踝《くるぶし》のあたりまであった。

「まさか怖がっているのか？」

別の男が同じように顔を覗き込んでくる。

「もっと恐ろしい目に遭わせてやりましょうよ」

「それは名案だな」

気がつけば周りを獣の耳と尻尾がある生き物に囲まれていた。

ふさふさの耳と尻尾がなければ完全に人間だ。

こんな生き物が存在するわけがない。

これはきっと痛みを伴う夢なのだ。

まだ自分は夢の中にいるに違いない。

目の前で起きていることが信じられない玲司は、必死に夢なのだと自らに言い聞かせる。

「なにごとだ？」

遠くから響いた張りのある声に、あたりが一瞬にして緊張感に包まれた。

「ルシーガさまがおいでになったぞ」

「早く下がりましょう」

ひそひそ声で話をしながら、妙な姿の生き物たちが玲司から離れていく。

ルシーガとは何者だろうか。

敬称をつけて呼んだということは、彼らより偉い立場なのだろうか。

身体を押さえ込まれていながらも気になり、顔を横に向けて新たな登場者に目を向ける。

(やっぱり……)

目に飛び込んできたのは、獣の耳と尻尾を持つひときわ大きな男で、同じく白い衣に身を包んでいた。

けれど、先ほどまでそばにいた妙な生き物たちと比べると、幾つか異なる点がある。

彼らはみな黒髪だったが、新たに姿を見せた男は金色がかった茶色で、肩につくほどの長さがあった。

さらには、腰に巻いているのは細い革紐ではなく、装飾が施された幅の広い帯だ。

黄金の首飾りや腕輪をしていて、他の者たちとは違って光を纏《まと》っているような華やかさがあった。

「ルシーガさま、人間を捕らえました」

「人間だと？」

玲司の身体を押さえ込んでいる男から報告を受けたルシーガが、白い衣の裾を翻しながら足早に歩み寄ってくる。

「どけ」

「しかし、人間は危険な生き物ですから……」

「いいから、そこからどくのだ」

ルシーガにきっぱりとした口調で命じられた男が、渋々ながら腰を上げて玲司から離れた。

夢にしてはあまりにも鮮明すぎる。

これは現実なのだろうか。

夢か現《うつつ》かもわからないまま、身体が自由になった玲司は無意識に起き上がった。

「そなた、怪我はないか？」

脇に膝をついて手を伸ばしてきたルシーガに、そっと頬を撫でられる。

触れた指がたいそう優しい。

見下ろしてくる赤茶色の瞳にも恐怖を感じない。

それに、なんて端整な顔立ちをしているのだろうか。

恐怖も忘れ、ルシーガを凝視する。

「具合でも悪いのか？」

心配そうに見つめてくる赤茶色の瞳がにわかに翳《かげ》った。

玲司は慌てて首を横に振る。

「それはなによりだ」

安堵の笑みを浮かべた彼が、静かに立ち上がった。

「この男はファルの命の恩人だ。王宮へ案内しろ」

ルシーガの唐突な命令に、固唾《かたず》を呑んで見守っていた妙な生き物たちがざわめく。

「丁重に扱うのだぞ」

ルシーガのさらなるひと声に、顔を見合わせてなにやらコソコソと話をしていた生き物たちが、玲司の周りにわらわらと集まってきた。

「ご案内いたしますので、どうぞ」

先ほどまで手荒な扱いをしていたというのに、驚くほど丁寧な口調で声をかけてきた大きな男が、手を貸して立たせてくれる。

「さあ、こちらへ」

玲司は促されるまま、男のあとについていく。

なにがなんだかさっぱりわからない。

ルシーガとはいったい何者なのか。

王宮へ案内しろと言ったのだから、彼が王さまなのか。

ファルの命の恩人とはどういうことなのか。

そもそも、まだ夢が続いているのか。

「痛っ……」

周りの目を気にしつつ頬を叩いてみたら、紛れもない痛みを感じた。

それでもまだ納得がいかずに、手の甲をつねってみる。

「っ……」

頬よりも鮮明な痛みに、派手に顔をしかめた。

(夢じゃないのかなぁ……)

痛みを感じてなお、自分の身に起きていることが信じられない玲司は、先導する男の頭にある耳や、ゆらゆらと揺れる長い尻尾を不思議な思いで見つめつつ歩いていた。

＊＊＊＊＊

しばらく歩いたのちに玲司が案内されたのは、丸太と枝や葉を利用して造られた高床式の大きな建物の一室だった。

とはいっても王宮というだけあり、南国でよく目にする造りの建物ながら、豪奢《ごうしゃ》な家具や装飾品が置かれ、床には艶やかな敷物がある。

思わず目を奪われる装飾品には、金や銀、そして、磨かれたさまざまな石がふんだんに使われていた。

それらはとても手の込んだ作りになっていて、広い部屋は高貴な雰囲気が漂っている。

「そういえばルシーガはどこへ行ったんだろう？」

あれこれ考えながら歩いてきたから、ルシーガの存在をすっかり忘れてしまっていた。

彼は玲司を知っているようだったが、獣の耳と尻尾を持つ生き物に知り合いなどいないのだから解せない。

「どうしよう……」

案内してくれた男は、ここで待つようにと言い残してすぐに姿を消してしまった。

ここにいればルシーガが現れるということだろう。

「座って待つしかないか」

〈クーン、クーン〉

天然木で造られた長椅子に腰を下ろそうとしたところに、どこからともなく動物の鳴き声が聞こえ、あたりに目を凝らす間もなく子トラが部屋に飛び込んできた。

「うわっ！」

走ってきた勢いのまま飛びつかれ、玲司は思わずイスに尻餅をつく。

〈クゥーン、クゥーン〉

太い前脚を肩に乗せてきた子トラが、顔をベロベロと舐めてきた。

もしやと思って子トラの顔を両手で挟み、まじまじと眺める。

「茶色いヒゲがあれば……」

子トラはじゃれたくてしかたがないのか、玲司の手を舐めたり甘噛《あまが》みしてきたりした。

「あった……やっぱり、あの子だ…元気になったんだね。よかった」

色が異なるヒゲを確認した嬉しさに破顔するとともに、疑念が脳裏を過《よぎ》る。

あの子トラにこうして直《じか》に触れているのだから、これまでのことは夢ではなく現実ということになる。

けれど、獣の耳と尻尾を持つ生き物がこの世に存在するとはとても思えない。

「どういうこと？」

無邪気に懐いてくる子トラを抱きしめて頭を撫でてやりながらも、心ここにあらずといった顔つきであれこれ考えを巡らせる。

子トラからは、生きている証の温《ぬく》もりと脈動が感じられた。

夢であるならば、それを感じたりしないはずだ。

夢や幻を見ているのではなく、すべてが現実に起きていること。

となると、ここはジャングルのどこかなのだろうか。

「そういえば、僕は……」

じゃれついてくる子トラをかまいながら、記憶の糸を辿る。

トラの親子を見つけるため、足跡を追ってジャングルの中を歩いていた。

途中で道に迷った覚えはない。

「あっ、そうか……」

「さっそく遊んでもらっているのか」

ぬかるみに足を取られ、身体ごと呑み込まれていったことを思い出したところで部屋に声が響き、驚きに小さく肩を跳ね上げた。

「そなたは子供の扱いが上手いのだな？」

緊張の面持ちで見上げた玲司に歩み寄ってきたルシーガが、隣にどっかりと腰を下ろして片膝を立てる。

「あ……あの……あなたはこの子のお父さんなのですか？」

子トラとルシーガを交互に見やる。

「ああ、そうだ。ファルは俺の唯一の子だ」

穏やかな笑みを浮かべてうなずいたルシーガが、愛おしげに子トラを見つめる。

どうやら子トラの名はファルというようだ。

先ほどルシーガは「ファルの命の恩人」と言った。

ならば、コテージにファルを迎えに来たトラはルシーガなのだろうか。

（でも……）

ファルを咥えていたのは、どこからどう見ても成獣のトラだった。

目の前にいるルシーガとは似ても似つかない。

「ファ……ファルのお父さんなら、どうしてそんな姿をしているんですか？」

疑問を解決するには直接、彼に訊《き》くしかなさそうだ。

ウトウトし始めたファルを抱っこしたまま、玲司は真っ直《す》ぐにルシーガを見つめる。

「かつてジャングルで暮らしていた俺たちの先祖は、もちろんこのような姿ではなかった。だが、人間たちとの関係が悪化し、彼らが足を踏み入れることがないジャングルの奥地へと逃れたのだ」

「ジャングルの奥地？　ここが？」

「いや、ここは違う」

「えっ？」

真剣な面持ちで耳を傾けていた玲司は、小さく首を横に振ったルシーガを訝《いぶか》しげに見返す。

「奥地で暮らすうちに俺たちの先祖は進化を遂げ、人間の姿へと自在に姿形を変えることができるようになった。それと同時に人間たちが暮らす世界との境界線が確立し、自由に出入りをすることができなくなった」

「進化……境界線……」

あまりにも突拍子のない話に、無意識にファルをあやしていた手がつい止まる。

作り話としか思えない。

ファンタジー小説や映画ならまだしも、現実にあった話だと信じるのは難しい。

長い年月を経て、地球上のさまざまな生き物は進化を遂げてきた。

それはまったく疑いようのない事実ではあるけれど、獣が人間に化けられるようになるものだろうか。

進化ではなく、突然変異と考えればいいのだろうか。

ただ、コテージで保護をしていたファルを連れ出すことができたのは、ルシーガが人間の姿になれるからだとすれば納得できる。

コテージの外で見た子トラを咥えたトラがルシーガなら、自在に変身できるというのも本当なのだろう。

「そなたはなにかの拍子に境界線を越えてしまったのだろう」

静かな口調で話を続けるルシーガが、手を伸ばしてファルの頭を撫でる。

ファルは父親の手を感じて薄目を開けたけれど、すぐにまた眠ってしまった。

「よほどそなたの腕の中が気持ちいいのだな」

ルシーガが苦笑いを浮かべて手を引っ込める。

ファルを独占しているようで、ちょっと申し訳ない気持ちが湧き上がった。

けれどスヤスヤと眠っているファルを起こすのは忍びなく、そのまま預かることにした。

「ルシーガさま、宴《うたげ》のご用意ができました」

若い女性の声に、すかさずルシーガが振り返ってうなずく。

白い衣に身を包んだ女性の見た目は人間だが、当たり前のように獣の耳と尻尾がある。

(あっ……)

よくよく彼女を観察してみると、耳と尻尾の模様がルシーガとは違っていた。

ルシーガの耳と尻尾にはトラの特徴でもある黒い線が入っているが、女性のは斑《まだら》模様になっている。

（あれは確か……）

かつてナラタワ島に生息していたといわれる、ウンピョウの模様に似ていた。

ルシーガの話を聞いたかぎりでは、トラだけが人間たちと距離を置いたように感じたが、他のネコ科の動物もここで暮らしているのかもしれない。

ナラタワ島ではネコ科の動物が絶滅したことと、ルシーガたちが暮らすこの場所は、なにか関係があるような気がした。

「ファルを助けてくれた礼がしたい。ささやかだが宴の席を用意したら一緒に来てくれ」

耳と尻尾の模様に気を取られていた玲司は、おもむろに立ち上がったルシーガを驚きの顔で見上げる。

「さあ」

彼は笑顔で片手を差し伸べてくれたが、ファルを抱っこしているから立ち上がることができない。

「俺が連れて行こう」

すぐに気づいたルシーガがファルを抱き上げる。

ぐっすり眠っているファルは口元をムニャムニャとさせただけで、父親に抱かれても目を覚ますことはなかった。

「俺についてきてくれ」

そう言い残して背を向けたルシーガが、静かな足取りで部屋を出て行く。

玲司は急いで立ち上がり、彼のあとについていった。

もちろん、早く元の場所に戻りたい思いはある。

けれど、それより優先すべきことがあった。

(絶好のチャンスじゃないか……)

絶滅したといわれるネコ科の動物たちが姿形を変え、どのように別の世界で生きてきたのかをこの目で見たい。

お伽噺《とぎばなし》のようでいまもなお頭が混乱しているとはいえ、世の中には理解の域を超えたことがままあるものだ。

とにかく、彼らのことをもっと知りたい。

帰るのはそれからでもいい。

「そこに座ってくれ」

ルシーガのあとについて別の部屋に入った玲司は、指し示された場所に目を向けた。

部屋の中央に大きな円形の敷物があり、そこには料理や果物が盛られた木製の皿が幾つも並んでいる。

とくに席が設けられていないことから、敷物に直に座るようだと判断し、彼が示した最奥に腰を下ろした。

「楽にしてくれ」

「お言葉に甘えて……」

正座が苦手なこともあり、素直に胡座《あぐら》をかく。

「普段から俺たちが食べているもので、人間のそなたの口に合うかどうか……」

そんなことを言いつつ正面に座ったルシーガが、抱いていたファルをそっと敷物に下ろす。

「えっ？」

ファルはそのまま寝続けると思いきや、おもむろに躯を起こして玲司にトコトコと近づいてきた。

目を覚ましたときに玲司を確認したわけではないのに、真っ直ぐ向かってくるのは匂いで存在を把握したのだろう。

まだ幼くてもトラはトラなのだ。

トラが好きでトラの研究をしてきた身としては、トラの子に懐かれるのは嬉しい。

「おいで」

身を捩《よじ》って両の手を伸ばすと、尻尾をピンと立てたまま腕の中に飛び込んできた。

「いい子だね」

胡座をかいた脚にちょこんと座ったファルをぎゅっと抱きしめ、顔を寄せて頬ずりをする。

こんなにも身近にトラと接する機会などそうない。

どうして人間にこれほど懐くのかは疑問だが、とにかく無邪気なファルが可愛くてしかたなかった。

「ファルはいずれ俺の後を継いで王になるのだが、なにぶん躯が弱くて困っているんだ」

瓢箪《ひょうたん》のような形をした器から、木製の小さなボウルに液体を注いでいるルシーガを、玲司はファルをかまいつつ見返す。

やはりルシーガは王だったようだ。

さしずめネコ科の動物たちの王国といったところだろう。

ますますお伽噺めいてきたけれど、現実として受け止めるしかない。

「ファル君はとても元気そうですけど、躯が弱いんですか？」

「母親が早くに死んでしまって、お乳を飲ませることができなかったせいだと思う」

「免疫力がつかなかったのかもしれないですね」

「免疫力とはなんだ？」

ルシーガが眉根を寄せて首を傾《かし》げる。

「えーっと、具合が悪くなったときに自力で治そうとする力です」

「まさにそれだな。多少の熱なら我々は放っておいても下がるのだが、ファルは何日も苦しんでしまうのだ」

大きなため息をもらした彼は、我が子の行く末をとても心配しているようだ。

ルシーガが治める王国がどれくらいの規模なのかは知らないが、一国の王ともなれば健康体でなければ務まらないだろう。

「運動とか日光浴で多少は改善されると思いますよ」

「なるほど……」

小さくうなずいたルシーガが身を乗り出し、液体を満たしたボウルを差し出してきた。

「ここで採れる果物から作ったラルーという飲み物だ」

「ありがとうございます」

片手でファルをあやしながら、受け取ったボウルの中身に目を向ける。

ラルーは白濁していて、鼻に近づけると甘酸っぱい香りがした。

喉が渇いているとはいえ、状況が状況だけにさすがに慎重になる。

試しに少しだけ口に含んでみた。

「あっ、美味しい」

「美味《うま》いか？　それはよかった」

玲司が思わずもらした声に、ルシーガが安堵の笑みを浮かべる。

端整な顔に浮かんだ笑みを見て、自然に口元が綻《ほころ》ぶ。

最初は異質に感じた獣の耳も、あまり気にならなくなってきた。

毛に覆われた耳も含めて、ルシーガが格好よく見える。

若くて美男子の国王、そして、愛らしい王子のどちらもがトラなのだ。

なんて不思議な世界にやってきてしまったのだろうか。

「また寝てしまったようだ」

ルシーガの視線を追ってファルを見てみると、胡座をかいた脚の中で小さな躯を丸めて眠っていた。

「可愛いなぁ……」

安心しきっている様子に、つい目尻が下がる。

「ファルはそなたを母のように慕っているな。なんとも羨ましいかぎりだ」

どこか寂しげにつぶやいたルシーガが、ボウルに満たしたラルーを一気に呷《あお》った。

どうしてそんなことを言うのだろうかと、不思議な思いで彼を見つめる。

「ファルはいまだ俺に懐かないのだ。もともと俺たちの種族は父親と子は疎遠に育つが、母親がいないファルにとって俺は唯一の親だというのに……」

大きなため息をもらし、新たに満たしたラルーをまた飲み干していく。

「まだ小さいからですよ。成長してお父さんだと認識するようになれば、邪魔に思えるくらい甘えてくれますから」

気休めにしかならないだろうと思ったけれど、なんだか彼を放っておけなかった。

王としての務めをまっとうしながら、母を恋しがる子供をひとりで育てるのは大変だろう。ましてやファルは病弱なのだから、より気配りが必要になるのだ。

子育ての経験など皆無であっても、彼の苦労は察するに余りある。

「そなたは優しいのだな」

柔らかに微笑んだルシーガが、瓢箪型の器を手に身を乗り出してきた。

「もう少しどうだ？」

「ありがとうございます」

彼がボウルに満たしてくれたラルーを、喉を鳴らして飲んでいく。

ラルーは生温《なまぬる》かったけれど、気にならないくらい美味しい。

「これ、頂いてもいいですか？」

充分に喉の渇きが癒えたところで、皿に盛られた料理に興味が移った。

「これって、魚ですよね？」

「ああ、果物以外はどれも魚だ。ここには俺たちの獲物になる動物がいないから、自然と魚だけを食べるようになったんだ」

「へぇ……」

なるほどと感心しつつ、手前の皿に盛られた料理に手を伸ばす。

身が締まって硬くなっているのは、長時間、干したからだろう。

生肉が主食であるネコ科の動物たちが、自ら干し魚を作って食べているのかと思うと、なんとも妙な気分になる。

「いただきます」

フォークのひとつも用意されていないから、手掴みで魚を取って齧《かじ》り付く。

まるで塩気がなく、魚自体の味も薄い。

いつも食べている魚は濃い味つけだから、よけいに淡泊に感じた。

「どうだ？」

黙って食べているのが気になったらしく、ルシーガが神妙な面持ちで訊いてくる。

「僕には味が薄いかなって……」

「正直だな。無理に食べなくていいぞ。腹を満たしたいなら、その果物がいい」

馬鹿正直な答えに笑った彼が、別の皿に盛られた果物を勧めてくれた。

バナナに形が似ているが、オレンジ色をしている。

熟したバナナは茶色くなるから、異なる果物なのだろうか。

せっかく勧めてくれたのだからと、食べてみようと皮を剥き始めたら、ルシーガが不思議そうな顔をした。

彼らはそのまま食べているのだろうが、中身を見ることなく皮のまま食べる勇気はさすがにない。

「一緒だ……」

皮を剥いてみるとほぼバナナで、安心して食べることができた。

「そなたはなぜジャングルに入ってきたのだ？」

あまりの美味しさから二本目を食べていた玲司は、まだ口に残っている果物をラルーで飲み下し、無造作に唇を手で拭う。

「ルシーガさんとファル君にまた会えないかなと思って」

「俺たちに？」

彼が解せない顔で首を傾げる。

「ナラタワ島ではかなり前にネコ科の動物が絶滅したと言われているんですけど、昨日、ファル君を保護して、迎えに来た親らしきトラ……あれって、ルシーガさんですよね？」

念のため確認をすると、彼は軽くうなずき返した。

「絶滅したはずのトラの親子がいるなんて大発見なんですよ。だから、どうしても写真に撮りたくて探していたんです」

「写真？」

「えーっと、なんて言えばいいんだろう……つまり、ありのままの姿を別のものに写し取って残すことができる……」

説明をしている途中ではたと気づき、玲司は自分に目を向ける。

腰に着けていたウエストポーチが見当たらない。

手に持っていたカメラはなくしてしまった可能性はあっても、ウエストポーチがそう簡単に外れるとは思えない。

「どうした？」

「ウエストポーチって……えーっと、ものが入れられる袋みたいなものを腰に巻いていたんですけど、見当たらなくて……」

「大事なものなのか？」

「ええ」

「そうか……そなたを見つけた者たちが珍しがって取ったのかもしれないな、あとで確認してみよう」

「すみません、お願いします」

ウエストポーチにはスマートフォンが入っているから、見つかれば撮影した写真を見せてあげることができる。

人間の姿で暮らしているとはいっても、近代化とはほど遠い生活だろうから、きっと驚くことだろう。

写真を見たルシーガがどんな反応をするのか興味がある。

「ウエストポーチが見つかったら、面白いものを見せてあげますねー」

想像するだけで浮き浮きしてきた。

いつになく楽しい気分で、勝手に頬が緩んでしまう。

「ふぅ……」

急に身体が火照《ほて》り始め、玲司は片手で顔を扇《あお》ぐ。

いくら扇いでも、熱くて熱くてたまらない。

「暑いのか？」

「少し……」

火照りを冷まそうとラルーをゴクゴクと飲んだ。

喉越しがとてもよく、いくらでも入っていく。

「そんなに勢いよく飲んで大丈夫か？」

「えっ？　ただの果汁じゃないんですか？」

たくさん飲んではいけないジュースならば、もっと早くに言ってくれればいいのにと思いつつボウルを下ろす。

「果汁ではなく酒だ」

「酒ぇ？」

「ああ、それもかなり強い」

「そんなぁ……」

酒にさほど強くない玲司は、愕然《がくぜん》と項垂《うなだ》れる。

ボウルに何杯、飲んだだろうか。

いきなりテンションが上がったのは、酒のせいに違いない。

「ふはぁ……もうダメ……」

酒をたくさん飲んでしまったとわかったとたん、頭がクラクラし始める。

酔っているのだと思うと、よけいに目が回った。

「ファル君、ごめーん」

座っているのも辛《つら》くなり、胡座の中で丸くなっているファルを抱きしめ、そのままごろんと敷物に倒れ込む。

王であるルシーガの前で失礼だとか、醜態を晒《さら》して恥ずかしいとか、そんなことを考える余裕もなくなっている玲司は、横たわってすぐ深い眠りに落ちていた。

第三章

「はぁ、気持ちいいなぁ……」

部屋に差し込む朝陽と、全身を包み込む温もりの心地よさに、玲司は無意識に寝返りを打つ。

「ふふ……」

ふかふかの毛布にくるまれて寝るなんて、いつ以来だろうか。

あまりの気持ちよさに、毛布を撫で回す。

「こんな手触りのいい毛布なんて家にあったっけ……」

さんざん撫で回したところで、なにか妙な気がしてきた。

「ここは……」

パッと開けた目に映ったのは見慣れない光景。

いったい自分はどこにいるのだろう。

不安でいっぱいになり、あたふたと起き上がる。

「うわっ！」

勝手に声が出た。

今度はトラの太い前脚が目に飛び込んできたのだ。

まさかと思って振り返ると、巨大なトラが横たわっているではないか。

あまりの驚きに息が止まりそうになる。

「ト……トラ……」

あろうことか、横たわるトラに身体を預けて寝ていたらしい。

あまりの近さに恐怖が募ってきた。

できるかぎり、そーっとトラから遠ざかる。

「よく眠れたようだな？」

ムクリと躯を起こしたトラから声をかけられ、一瞬にして身体が硬直した。

「なにを驚いているのだ？」

さらなる言葉に、ようやくルシーガの声だと気づく。

と同時に、ジュースと思って飲んでいた酒に酔い、寝入ってしまったことを思い出す。

「ル……ルシーガさ……ん」

間近にいるトラは唖然とするほど大きく、頭ではルシーガの別の姿なのだとわかっていても恐怖を覚えてしまう。

「あうっ……」

中途半端に腰を浮かせたまま硬直している玲司に、なにかが勢いよく体当たりしてくる。

「な……なに……」

不意を突かれて床に転がったとたん、今度はなにかが飛び乗ってきた。

「ちょっと、やめて……」

ベロベロと顔を舐め回され、ようやくファルがじゃれついてきたのだとわかる。

「ファル君、ちょっと待って」

言うことを聞かないファルを強引に引き剥《は》がし、身体を起こして抱き直す。

「もう、驚かさないでよ」

ファルの顔を見つめて諭したけれど、ペロリと鼻先を舐められて頬が緩む。

まったく悪気がないあどけない表情。

元気で悪戯なファルが可愛くてしかたない。

ムギューッと抱きしめ、頭頂部に何度もキスをしてやる。

「酔いは醒めたのか？」

背後から聞こえた声に振り返ると、人間の姿をしたルシーガが笑いながら見下ろしていた。

ちょっと目を離した隙に姿を変えてしまったようだ。

せっかくだから、変身する瞬間を見てみたかった。

摩訶《まか》不思議な存在だから、興味が募ってしかたない。

「そうだ！」

ふとした思いつきに、ファルを抱いたまま立ち上がる。

「ルシーガさん、ここでの暮らしぶりを記録に残したいので、きちんと撮影できるビデオカメラを取りに戻りたいんです。元の場所に戻るにはどうしたらいいですか？」

「ビデオカメラとはなんだ？」

「えっと……昨日、お話しした写真と似たようなものなんですけど、動いている状態をそのまま残すことができるんです」

「そのビデオカメラとやらで俺たちのことを？」

「はい。だから、早く帰る道を教えてください」

名案に浮き立つ玲司はしきりに急《せ》かしたけれど、ルシーガは渋い顔でじっと見つめてくるばかりだ。

「どうしたんですか？　ルシーガさんとはじめて会った場所だから、行き方を知っているんでしょう？」

「そなたはここから二度と出ることはできない」

「えっ？」

「王国の存在を知った者を人間界に帰すわけにはいかないからな」

厳しい面持ちと口調に、返す言葉もなく呆然とする。

ルシーガは自分たちの国を守るために、自分を拘束するつもりなのだ。

人間に知られることなく、彼らは長いあいだ暮らしてきた。

国を守るのは王の務め。

秘密を知った人間を、おいそれと王国から出すわけがない。

自分が囚われの身であると知った玲司は、頭の中が真っ白になった。

「そんな……」

「ファルを助けてくれたのも、この王国に足を踏み入れたのもなにかの縁だな。さあ、朝飯にしよう」

馴れ馴れしく肩に手を回してきたルシーガが、部屋の外へと促してくる。

このまま彼らとここで暮らすことはできない。

自分以外はみなネコ科の動物で、人に姿を変えることができるという不思議な世界で生きていけるわけがないのだ。

「ちょっと待って、僕は人間なんだからここで暮らせるわけがないよ」

抱いているファルを彼に押しつけた。

ルシーガは人間界に戻すつもりがないようだが、そんなことはとうてい受け入れられない。

「どうあっても僕は帰ります」

「そなたには無理だ」

あっさりと言ってのけたルシーガを無視し、玲司は建物の外へと飛び出していく。

道順などさっぱりわからないけれど、ただひたすら前を目指す。

王であるルシーガは境界線を越えることが楽にできるとしても、幼いファルだって人間界にやってくることができたのだ。

玲司も意図せず人間界から、彼らが暮らす未知の世界へとやってきた。

それは、どこかに行き来できる場所があるからに他ならないだろう。

「絶対に見つけてやる……」

貴重な体験ができたと、なにも考えずに喜んでいた自分が情けない。

とんでもない状況に陥っているのだと、今さらながらに痛感する。

「確かこっちのほうから……」

王宮へと案内されたときのことを、歩きながら必死に思い出す。

仕事柄、ジャングルを歩くことに慣れているとはいえ、ここはまったく知らない世界だ。

生い茂る木々の隙間から覗く空。

どこもかしこも同じ景色に見え、方向感覚を失う。

「早く見つけなきゃ……」

たまに振り返ってみるけれど、ルシーガが追ってくる気配はない。

人間界に戻る手段など見つけられないと、彼は確信しているからだろうか。

このまま無闇に歩いていたら、迷子になってしまう恐れがある。

「ここで生きていくなんて無理……」

道に迷うかもしれないという不安と闘いながら、元の世界に戻りたい一心の玲司は立ち止まることなく歩みを進めていた。

＊＊＊＊＊

いったいどれくらいの時間、歩いただろうか。

歩き慣れているはずのジャングルから、いっこうに出ることができない。

景色はさして変わらず、まるで同じ場所をグルグルと回っているかのようだった。

「はぁ……」

疲れ果てた玲司は大きなため息をもらし、天を仰ぎながらその場にへたり込む。

「どうして……」

ルシーガたちが暮らす世界に、なにが原因で入り込んでしまったのかさっぱりわからない。

けれど、別世界へとやってきたからには、どこかに境界線があるはずなのだ。

「元の場所へ絶対に戻るんだ」

自らを鼓舞した玲司が、大きく息を吐き出して立ち上がろうとしたそのとき、愛らしい姿を目にして思わず頬を緩める。

「ファル……」

小首を傾げて玲司を見ていたふわふわの子トラが、トコトコと歩み寄ってきた。

無邪気に躯を擦《こす》りつけてくるファルを、そっと両手で抱き上げる。

真っ直ぐに見つめてくる大きな瞳を、至近距離から覗き込む。

「ねえ、君はどうやってここから出たの？　ファル君は境界線があるところを知ってるんだよね？」

玲司は藁《わら》にも縋《すが》る思いで訊《たず》ねた。

ファルは嬉しそうに尻尾を振りながら、ただ真っ直ぐに見つめてくる。

ルシーガと違い、幼い彼はまだ喋《しゃべ》ることができないのかもしれない。

会話ができないのがもどかしくてしかたなかった。

「そういえば……」

ファルが彷徨《さまよ》っていたのは、玲司がいつも歩いているジャングルの中だ。

そこはいわば現実の世界にあるジャングルで、彼はこの王国から外へと出てきたということになる。

ファルは二つの世界を分けている境界線を知っているからこそ、外へ出ることができたのだ。

「話ができればなぁ……言ってることもわからないのかな?」

ファルの頭を優しく撫でる。

喋れなくても言葉が理解できれば道案内くらいしてくれそうだが、それも今の彼には無理そうな感じだ。

「はぁ……」

ファルを抱っこしたままがっくりと肩を落とし、その場に座り込む。

さんざん歩いたというのに、手がかりのひとつもない。

歩くだけ無駄のような気がしてきた。

「もう……どうやったら帰れるんだよ」

腹立たしい思いをしながらも、怒りを向ける相手もなく唇を噛む。

いったい、自分はどうなってしまうのだろうか。

「どうあっても帰りたいのか？」

頭上から降ってきた低い声に、玲司はハッとして顔を上げた。

腕組みをしてひとり立つルシーガが、厳しい表情で見下ろしている。

あたりに目を向けてみると、国王だというのに供の者も連れていない。

いくら逞《たくま》しい身体をしているとはいえ、あまりにも無防備な気がする。

彼らが暮らしているこのジャングルは、それだけ安全ということなのだろうか。

「なぜ黙っている？　帰りたいのかと訊いているのだぞ」

「帰りたいに決まってるじゃないか」

余計なことに気を取られている場合ではないと、玲司は声高に言ってすっくと立ち上がる。

急な動きだったからか、ファルは驚いたように目を丸くしたが、逃げ出すことなく腕に抱かれたままだった。

よほど抱っこされているのが好きらしい。

「では、ひとつ条件を出そう」

「条件？」

もったいぶった言い方に、思わず眉を顰《ひそ》めて見返す。

「そんな顔をするな。ファルが喋れるようになるまで、母親代わりになってほしいのだ」

「母親代わり？　僕が？」

とんでもない条件に、眉を顰めたままファルへと視線を落とした。

ファルには母親がいないが、人間の玲司に代わりを頼むなんてどうかしている。

そもそも、男の自分に母親の代わりが務まるわけがない。

玲司は呆れ顔でルシーガを見上げる。

「ファルがこれほどまでに懐いたのはそなたが初めてなのだ。父親の俺にすらそこまで甘えることがない」

仁王立ちしているルシーガが、玲司に頭を擦りつけているファルに目を向けた。

我が子を見つめる瞳は優しげだ。

けれど、その顔に浮かんでいるのは、どこか寂しげな笑み。

初めて目にした表情に、玲司はなぜか胸が少し締め付けられた。

（ルシーガさん……）

ちょっとだけ力になりたい気持ちが湧いてきたけれど、さすがに安請け合いはできない。

「だからって、僕に母親役なんか務まるわけないと思いますけど？」

「母親のようにファルのそばにいてやってほしいのだ。遊んでやったり、言葉を教えたり、そんなことをしてくれればいい」

「それくらいのことなら、父親のルシーガさんがやったらいいじゃないですか」

玲司は訝しげにルシーガを見やる。

子供にとっては両親がいることが望ましい。

とはいえ、父親だけであっても、愛情深く育てることはできるはずだ。

「そうしたいところなのだが、俺には王としての役目があり、一日中、ファルの相手になってやることができない。ファルが懐いているそなたがそばにいてくれたら助かるのだ」

そっと手を伸ばしてきたルシーガが、愛おしげにファルの頭を撫でた。

「遊ぶ時間が増えれば言葉も早く覚えるだろうし、躯も丈夫になっていくだろう。俺はこの子が明るく元気に育つことを願っているんだ」

ファルの瞳を覗き込むルシーガの頬が緩んでいる。

なんて優しい笑みを浮かべるのだろう。

父親として、心からファルを愛しているのがひしひしと伝わってくる。

母親がいない息子に愛情のすべてを注ぎたいけれど、王であるルシーガにはそれが難しい。

ファルは王子なのだから、乳母くらいいそうなものだ。

「他に誰か子育てをしてくれないんですか？」

「誰にも懐かないから、任せられないのだ」

そう言ったルシーガが、小さなため息をもらした。

ファルはよほどの人見知りなのだろうか。

(でも僕には懐いてる……人間なのに……)

理由はわからないけれど、ファルにとって自分が特別な存在なのかと思うと、なんだか嬉しくなってくる。

母親がいないだけでなく、国王のルシーガは忙しくて子供をかまう時間がない。

ファルはきっと寂しい思いをしているはずだ。

「この子も少しではあるが言葉を覚え始めている。喋り出すまでにはそう時間もかからないだろうから、条件としては悪くないと思うぞ」

「ファル君と会話ができるようになったら、本当に僕を元の世界に帰してくれるんですね？」

玲司は疑り深い視線をルシーガに向けた。

一国の主《あるじ》である彼が、嘘をつくとは思えない。

とはいえ、後々のためにも確証を得ておかなければ心配だ。

「もちろんだ」

ルシーガが笑顔で大きくうなずき返してきた。

真っ直ぐに向けられた、嘘偽りの感じられない真摯な瞳。

可愛いファルと日々を過ごすのは、少しも嫌ではない。

母親代わりは無理でも、遊び相手なら楽勝だ。

幼い子は遊びながら言葉を覚えていくものだから、自分でも役に立てるだろう。

「わかりました、母親役を引き受けます」

玲司はしっかりとうなずいた。

ルシーガは人間界に帰す条件として提示してきたけれど、本当に困っているようでもある。

拘束したうえに母親代わりを命じてきたなら最後まで反発しただろうが、王国から出してもらえるなら問題ない。

なにより、寂しい思いをしているファルや、困っているルシーガを放っておくのは気が引けるというものだ。

「では、王宮に戻ろう」

ルシーガに促され、ファルを抱っこしたまま並んで歩き出す。

ファルはどれくらいで言葉を覚えるのだろうか。

（一ヶ月……二ヶ月くらいかな……）

ネコ科の動物しかいない王国での暮らしなど、まったく想像がつかない。

それでも、人間界に帰ることができると思えば気も楽だ。

一生懸命ファルと遊び、言葉を教えれば、それだけ早く元の世界に戻れる。

腕の中でウトウトし始めたファルを見つめる玲司の顔には、ようやく安堵の笑みが浮かんでいた。

第四章

ファルの母親代わりとして王宮で暮らし始め、早くも一週間が過ぎた。

着替えなどない玲司は、ルシーガたちが纏っているのと同じ白い布を身体に巻きつけ、楽な格好をしている。

ズボンを穿《は》いていないからスカスカするが、思いのほか動きやすくて快適だった。

自分とファル以外のすべてのものが、人の姿をしていながら耳と尻尾があるという異様さにも慣れつつある。

そればかりか不思議なもので、会話の最中に動く耳や尻尾をふとした瞬間、可愛いと思ったりもした。

「ファル、美味しい？」

ボウルに入った果物のジュースを、ファルがピチャピチャと音を立てて飲んでいる。

まだ幼い彼は乳を飲むべきなのだが、母親がいないため栄養のあるジュースを与えて育てられているらしい。

「でも、しかたがなかったとはいえ、肉食からほぼ草食に変われるんだなぁ……」

床に敷いた敷物の上で片膝を立てて座っている玲司は、同じく昼食代わりのジュースを飲んでいる。

この王国にはネコ科の動物しか生息していないため、仲間を殺して食べることを躊躇った彼らは、いつしか豊富にある果物や木の実を主食とするようになったというのだ。

川で獲《と》れる魚も食べるようだが、祭りや宴のときにしか口にしないらしく、日常的に食べているわけではないとのことだった。

獲物を捕らえ、肉を喰《く》らうイメージがあるネコ科の動物たちが、果物を美味しそうに頬張る様子に最初は驚きしかなかった。

ただ、彼らがみな人の姿をしていることもあってか、そうした食事の風景にもすぐに慣れることができた。

生きていくために変化を余儀なくされたとはいえ、生き物とは本当に不思議なものだと改めて思う。

〈ハフッ……〉

ボウルから顔を上げたファルが、満足そうに息を吐き出し、ブルブルッと頭を振る。

勢いがよすぎて小さな躯がよろめく姿が、なんとも愛らしい。

「おいで」

持っていたボウルを脇に置き、両手を広げて呼びかけると、尻尾をピンと立てて駆け寄ってきた。

「今日はなにをして遊ぼうか？」

両手で抱き上げたファルに頬ずりをする。

少しヒゲがチクチクするけれど、かまわずグイグイと頬を押しつけた。

子トラの毛はふわふわで、肌触りが最高に気持ちいい。

「レイ、昼飯は終わったか？」

ファルとじゃれ合っていると、ルシーガが入ってきた。

ノックをする扉もないから、出入りは自由だ。

玲司に与えられた部屋も同じで、ルシーガも世話係も声はかけてくれるけれど、返事を待たずに入ってくる。

ここではこれまでの常識が通用しないのだから、プライバシー云々《うんぬん》を声高に言っても意味がない。

郷に入れば郷に従えの精神で、気にしないことにしていた。

そもそも、扉がなくてもあまり困ることがないのだ。

「今、終わったところです」

ファルを抱っこしている玲司は、床に座ったままルシーガを見上げる。

「天気がよいから泉にでも行くか？」

「これからですか？」

「ああ」

もちろんとうなずくや否や、ルシーガは背を向けて部屋を出て行く。

彼はいつも言葉が少ない。

国王として命じる立場にあるからなのか、ものの言いようが驚くほど端的なのだ。

あまりにも端的すぎて最初はぶっきらぼうに感じたけれど、もう気にならなくなっている。

本当に慣れとは恐ろしいものだと実感していた。

「ファル、水浴びをしにいこう」

抱っこしていたファルを下ろし、ついておいでと尻をポンポンと叩いて促す。

玲司が歩き出すと、足に躯を擦りつけながらついてくる。

言葉が理解できているのかいないのか、いまのところ判断がつかない。

ただ、彼の反応を注意深く見ていると、少しは通じているような気がした。

「うわっ……」

王宮の外に出たとたん、眩《まぶ》しいくらいの強い陽射しに全身が包まれる。

ジャングルは鬱蒼としていて、陽が当たらない場所も多々あるけれど、王宮の周りは高い樹木がなくてとても陽当たりがいい。

ファルは躯が弱いこともあり、できるだけ長く陽に浴びさせたい思いがある。

それはルシーガも同じようで、ことあるごとに陽当たりのいい場所に連れて行ってくれるのだ。

「なんか平和だよなぁ……」

ファルと一緒にルシーガを追いながら、目を細めて晴れ渡った空を見上げる。

王であるルシーガは多忙とは言いつつも、意外にものんびりしていた。

同族しか生息していないからか、ここでは目立った争いごともないらしく、みな気ままに暮らしているようだ。

ルシーガにしても、ファルと過ごしている時間が予想していた以上に長い。

面倒を見る時間がないと言っていたのだから、本当なら話が違うと怒るところだが、玲司はあえて口に出さないでいる。

たったの一週間で、ここでの生活を楽しく感じ始めたからだ。

食べ物は果物と木の実だが、どれも美味しくて空腹感を覚えることもないばかりか、栄養満点らしく体調もすこぶるいい。

水道もトイレもないのに不便に感じないのは、未開の地ともいえるナラタワ島で日々、ジャングルに入り、野生動物の保護活動をしていたからだろう。

「レイ、こっちだ」

先を歩いていたルシーガが足を止めて振り返り、高く挙げた手で早く来いとばかりに盛大に手招く。

母親代わりになると決めた日から、彼にはずっと「レイ」と呼び捨てにされている。

仕事仲間たちからも同じように呼ばれていたから、まったくかまわなかった。

ルシーガから、「そなたは家族のようなものだから、俺たちを呼び捨てにしていい」と言われたけれど、いまだファルしか呼び捨てにできないでいる。

王国を統べるルシーガを呼び捨てにするのは、さすがに申し訳ないような気がしてしまうのだ。

「ファル、行くよ」

足下でペロペロと毛繕いしているファルに声をかけ、ルシーガに向かって走る。

ちょっと遅れを取ったファルが、あっという間に追い抜いていった。

「速い……」

さすがにトラだけあり、子供であっても脚が速い。

玲司は必死に追いかける羽目になる。

「はぁ、はぁ……」

息せき切って走ってきた玲司を見て、先に父親に追いついたファルを抱っこしているルシーガが笑う。

「そなたでもファルには勝てないか」

「人間がトラと競争して勝てるわけないじゃないですか」

肩で息をしながら大人げなく食ってかかると、またしてもルシーガに笑われた。

「まだこんなに小さいのになぁ？」

ファルの前脚の脇を掴んだルシーガが、天まで届けとばかりに高々と掲げる。

小さなモコモコの躯が、ぶらーんぶらーんと前後に揺れ動く。

でも、ファルはあまり楽しくないのか、耳を後ろに倒していた。

玲司も同じようにしてやることがあるが、そのときのファルはいつも尻尾を盛大に振って喜びを露《あら》わにする。

父親にも懐かないとは聞いていたが、どうしてなのだろうかと不思議でならない。

ルシーガがファルを心の底から愛しているのが手に取るようにわかるから、早くベタベタに甘えるほど懐いてほしいと願ってしまう。

「さあ、みんなで日向ぼっこをするぞ」

ファルが嫌がりそうなのを察知したのか、そそくさと地面に下ろしたルシーガが泉のほとりに足を進める。

ルシーガが率先して草むらに仰向けになり、玲司は少しの距離を開けて彼に倣う。

「ファル、ここにおいで」

二人のあいだをトントンと叩くと、ファルが真ん中にちんまりとお座りする。

これで川の字になって日向ぼっこができると思いきや、ファルはそこで寝そべることなく玲司の腹によじ登ってきた。

「もう、重いのに……」

愚痴っぽく言いつつ、ルシーガが気になってさりげなく目を向ける。

ファルが実の父親ではなく、玲司の腹に乗っかったことを、彼は気にしているのではないだろうか。

自分にばかり懐いてくるから、ルシーガと一緒のときはちょっと後ろめたい思いに囚われてしまうのだ。

「ああ、いい気持ちだ」

真っ直ぐ空を見ているルシーガは、まったく気にしたふうもない。

しかたないと諦めているのか、やせ我慢をしているのか。

横顔から彼の思いを読み取ることはできなかった。

(どうすればいいのかなぁ……)

ファルが言葉を覚え、自分が元の場所に戻る前に、父子の関係がよくなるようにできないかと本気で考え始める。

(なにかきっかけがあれば……)

腹の上で昼寝を決め込んだファルを両手で支えつつ、ぼんやりと青空を眺めた。

ジャングルの中にある泉は、暖かな陽射しに包まれている。

微かに聞こえてくるファルの寝息が耳に心地いい。

改めてルシーガを見やると、気持ちよさそうに目を閉じていた。

昼寝には打って付けの場所で、眠くならないわけがないのだ。

とはいえ、これまでの生活とは違って、睡眠時間がかなり長くなっている玲司はまったく眠気が襲ってこない。

ひとりで考え事をするにはちょうどいいとばかりに、手触りのいいファルの毛並みを楽しみながらあれこれ思いを巡らせていた。

＊＊＊＊＊

すっかり陽が落ちて気温が下がり始めたころが、この国での就寝時間となる。

狩りをする必要がない彼らは人間とほぼ同じように、朝起きて夜眠るという規則正しい生活を送っているのだ。

「もっとそばに寄らないと風邪を引くぞ」

「はい」

トラの姿で横たわっているルシーガに言われ、玲司はもぞもぞと動いて身体を寄せる。

王宮には人の姿で生活するのに必要なものはほとんど揃《そろ》っているが、ベッドはひとつも用意されていない。

彼らは夜になると本来の姿に戻って眠りに就くため、基本的に敷物に直に横たわって寝ているからだ。

敷物があるとはいえ、人間を床で寝かせるわけにはいかないという理由から、玲司はいつもトラの姿になったルシーガとファルの温もりに包まれて眠っている。

床に寝そべる巨大なトラを枕に毎晩、寝ることができるなんて、いったい誰に想像ができただろうか。

トラに魅せられ、トラの研究をしてきた玲司にとっては、この状態はまさに夢のような出来事だった。

「ファルもこっちにおいで」

体勢を整えた玲司は、小さなファルを引き寄せ、しっかりと抱きしめる。

深夜ともなれば気温はかなり下がるが、彼らと一緒であれば寒さなど感じない。

トラの体温は人間よりわずかに高いだけだが、躯全体が毛皮に覆われているため、天然の暖房器具が間近にあるようなものなのだ。

本当に身体全体がぬくぬくとしていて、あまりの心地よさに頭がぼんやりとしてしまう。

(こんな楽しい生活を誰にも言えないなんて……)

ルシーガは言葉にこそしなかったけれど、人間界で王国の存在を口にしてはいけないことくらい理解している。

初めてこの世界に足を踏み入れ、ルシーガたちを見たときは、世に知らしめたい思いが少なからずあった。

けれど、その思いはとうに消え失《う》せている。

未知の世界が公になれば、荒らそうとする輩《やから》が必ず現れるだろう。

かつて人間と対立して新たな国を確立したという彼らを、再び危険な目に遭わせるわけにはいかない。

ここでの出来事のすべてを、死ぬまで自分の胸に秘めたままにしなければならないのだ。

(ホントは普通に暮らせたらいいんだけど……)

絶対に黙っていようと覚悟は決めたものの、なによりもトラが大好きだから人間との共存の道を探ってしまう。

(きっと余計なお世話なんだろうな……)

平和な暮らしを手に入れたルシーガたちは、いまさら忌み嫌う人間と共存などしたくもないだろう。

そうしたことを考えること自体が、身勝手なことなのかもしれない。

「ふあーっ」

大きなあくびをしたルシーガが、太くて長いふさふさした尻尾を玲司の身体にふわりと置いてくる。

それは、まるで軽くて暖かな毛布のように心地いい。

小さなファルは腕の中で早くも寝息を立てている。

ルシーガの温かな脇腹に頭を預け直した玲司は、ふわふわの尻尾に包まれて深い眠りに就いていった。

第五章

王宮から少し離れた森の中にある泉のほとりで、玲司はファルと遊んでいる。

母親代わりになって半月ほど経ち、ファルは目に見えて成長しているのだが、いっこうに言葉を話す気配がない。

起きてから寝るまでのあいだ、ほとんどファルと一緒に過ごしている玲司は絶えず話しかけている。

そうしていれば、いつかきっと彼は自分の真似をして、たどたどしいながらも言葉を発するのではないかと期待しているのだ。

〈グル……グル……〉

放り投げた小枝を咥えて戻ってきたファルが、嬉しそうに喉を鳴らしている。

成長しているとはいえ、まだまだ幼い子供のトラだ。

小枝を受け取って「よしよし」と頭を撫でてやっていると、可愛くてついファルを抱き上げてしまう。

体重は十キロ近くになっているだろうか。

昨日よりも確実に重くなっている。

日々の成長を感じられるのは嬉しいが、いまだに言葉を発しないのが心配だ。

「僕はレイだよ、レイ。わかる？」

目を合わせて話しかけるが、ファルはきょとんとするばかり。

「おまえ、そこでなにをしている？」

ファルと戯れていた玲司は、背後から聞こえた厳しい声にパッと振り返る。

（誰だろう？）

声をかけてきたのは老人の男性で、白い衣を纏って木の杖をついていた。

王国で暮らし始めてから、老人を目にしたのは初めてだ。

きちんと挨拶をすべきだろうと、ファルを抱いたまま向き直る。

「王子ではないか！　おまえ、なぜ王子と！」

ファルに気づいた老人が急に声を荒らげたかと思うと、突如、大きなトラに姿を変えた。

「グアァー」

「うわっ……」

森を揺るがすような唸《うな》り声で威嚇され、玲司は驚きに目を瞠《みは》る。

巨大なトラが牙を剥いて距離を縮めてきた。

躯はルシーガと同じくらいの大きさだが、高齢のためか毛艶も悪く、かなり痩せている。

とはいえ、獰猛《どうもう》なトラであることに変わりはない。

ファルをきつく抱きしめ直し、少しずつ後退する。

野生の動物と目を合わせるのは御法度だ。

そんなことをすれば、敵と見なされてしまう。

すでに威嚇してきているトラとは、絶対に目を合わせてはいけない。

(どうしよう……)

このまま後退していくと泉に落ちてしまう。

自分を狙っているトラから、走って逃げるなど不可能に近い。

それでも逃げるしか手はないと、ファルを抱えたまま一目散に走り出す。

「ガーッ！」

間髪《かんぱつ》を容《い》れずにトラが追ってくる。

子トラのファルが相手でも競争したら勝ち目はないのだから、すぐに追いつかれてしまう。

トラが土を蹴る音、荒い息づかいが、どんどん近づいてくる。

杖を必要とする老人であっても、トラに姿を変えれば脚は速い。

野生のトラに追いかけられた経験など皆無だ。

恐ろしさしか感じない。

「助けてー！　誰かー！」

怖くて振り返ることもできない玲司は、あらん限りの声を振り絞りながらひたすら走る。

ファルはおとなしく抱っこされているけれど、重くてたまらない。

彼を抱えていなければ、もっと速く走れるだろう。

けれど、追いかけてくるトラの目的がわからないのだから、絶対にファルを手放すわけにはいかなかった。

「ルシーガ！　助けてー！」

この状況から救ってくれるのはルシーガしかいない。

「ルシーガ！　ルシーガ！」

彼が近くにいるとは思えないけれど、とにかく彼の名を大声で呼び続ける。

「ルシー……」

半泣きで叫ぶ玲司の前に、猛烈な勢いで大きなトラが飛び出してきた。

玲司はハッと息を呑んで立ち竦《すく》んだ。

「ルシーガ……」

声が届いた。

助けに来てくれた。

嬉しさと安堵に、玲司はその場にへなへなと頽れる。

「もう大丈夫だ」

人間へと姿を変えたルシーガが、玲司とファルを庇《かば》うように立ち塞がった。

ふと目を向ければ、追いかけて来たトラも老人の姿に戻っている。

「はぁ……はぁ……」

ようやく息がつけた玲司は、大きく肩を上下させつつルシーガと老人を見上げた。

「父上、何事ですか？」

ルシーガが厳しい口調で老人に詰め寄る。

「なぜ人間を生かしておるのだ？　我らが人間に迫害されてきたことを忘れたか？　さっさと始末すべきではないのか？」

「彼はファルの恩人なのです。彼がいなければファルは命を落としていたかもしれないのですよ」

「恩人だからなんだと言うのだ。人間と関わってよいことなどひとつもない」

真っ向から対立するルシーガと老人を、玲司は息を詰めて見守った。

(お父さんってことは、前の国王なのかな……)

かなり歳は取っているけれど、ルシーガに勝るとも劣らない威厳が父親から漂っている。

たとえ現国王であっても、父親には逆らえないような気がした。

自分はいったいどうなってしまうのだろうかと、玲司はただならない雰囲気に不安に駆られる。

「確かに俺たちにとって人間は憎むべき存在です。でも、我が子の恩人であるレイを俺は憎むことができない。なにより、ファルがレイに懐いているのです。俺や父上にすら懐かないファルがですよ」

「国王とは思えぬ甘い考えをいますぐ捨てるのだ。ようやく築き上げた王国を、たったひとりの人間によって滅ぼされるかもしれないのだぞ」

強い口調で言い放った老人が、ファルを抱いている玲司を睨《にら》みつけてくる。

その視線から感じ取れる憎悪に、背筋が寒くなった。

「そのような真似はさせません。とにかく、父上であろうとレイに手出しをすることは許しませんので、胸に留めておいてください」

毅然《きぜん》と言い切ったルシーガを、老人が唇を噛みしめて凝視する。

「人間は災いしかもたらさぬというのに……」

静かに言って背を向けた老人が、杖をつきながら去って行く。

とうてい納得したとは思えない老人の後ろ姿を、玲司は黙って見つめる。

「ルシーガさん……」

「怖い思いをさせたな。あの男はグルシャといって俺の父親なのだが、かなりの頑固者で困っている」

「あの……僕は……」

「心配しなくても大丈夫だ。おまえのことは俺が守る」

柔らかに笑ったルシーガが、手を差し伸べてきた。

安堵の笑みを浮かべた玲司は、彼の手を借りて立ち上がる。

彼が来てくれなかったら、自分の命はなかったかもしれないのだ。

自分のために立ち向かってくれたルシーガには感謝の気持ちしかない。

「ルシーガさんのおかげで命拾いしました。ありがとうございました」

抱いているファルを地面に下ろし、玲司は丁寧に頭を下げる。

「では、礼を頂こう」

「礼と言われても……」

顔を上げた玲司は、困ったようにルシーガを見つめた。

なにも持たない自分にできることなど、なにがあるというのだろうか。

「困った顔も可愛いものだ」

「なっ……」

いきなりグイッと腰を抱き寄せられ、有無を言わさず唇を塞がれる。

「んっ……」

あまりにも唐突なキスに、玲司は激しく驚いてルシーガを力任せに押し返す。

「ちょっと！　なんでキスなんかするんだよ！」

笑っている彼を、怒り満面で睨みつけた。

彼がなにを考えているのかさっぱりわからない。

どうしたら、この状況でキスに至るというのだ。

まったくもって理解の域を超えている。

「愛情表現だ。優しくて可愛いそなたが気に入った。俺の嫁になってくれ」

「はあ？」

呆気に取られてぽかんと口が開いてしまう。

「大事にするぞ」

「よ……嫁とか馬鹿じゃないの？　なれるわけないじゃないか」

真っ直ぐに向けられた熱い眼差しにわけもわからず動揺した玲司は、その場からそそくさと逃げ出す。

「どういうつもりなんだろう……男に嫁になれなんて……」

どんどんルシーガが理解できなくなっていく。

キスをしてきただけでも驚きなのに、求婚までしてくるなんて頭がいかれているとしか思えない。

そもそも、人間の姿になれるだけであって、本来のルシーガはトラなのだから、たとえ女性であったとしても結婚などできるわけがないのだ。

「はぁ……馬鹿馬鹿しい……」

突飛すぎてため息しかでてこない。

巨大なトラに噛み殺されるかもしれないという、生涯で初めてのとてつもない恐怖を味わったのに、すっかりそれが吹き飛んでしまっていた。

「レイ、待てよ」

後ろから聞こえてきたルシーガの声に、玲司は反射的に足を止めて振り返る。

ファルを抱っこして歩み寄ってくる彼の顔を見たら、なぜか急に恥ずかしくなってきた。

（あんなことするから……）

彼とキスをしたのかと思うとまともに目が合わせられず、なにも言わずに前に向き直って歩き出す。

「レイ、どうした？」

足早に近寄ってきたルシーガが横に並び、ひょいと顔を覗き込んでくる。

まったく悪びれた様子もない。

精悍《せいかん》な顔に浮かぶ笑みを目にしたら、ますます恥ずかしくなった。

（なんで……）

彼と離れて歩きたい衝動に駆られる。

気まずく感じる理由が自分でもよくわからないから、困惑していくばかりだ。

「怒ったのか？」

「べつに怒ってなんか……」

伏し目がちに首を横に振る。

言葉にしたとおり、怒りはこれっぽっちもない。

いきなり男からキスをされたら怒りを覚えそうなものなのに、本当にそうした感情は湧き上がってこなかったのだ。

「そうか。では、少し早いが晩飯にしよう」

ファルを地面に下ろしたルシーガが、小さな尻をポンと叩く。

自由の身になったファルが、跳びはねるようにして走り出す。

目指すは王宮だ。

ファルの行動を見ていると、まるで言葉が理解できていないわけでもなさそうだ。

(優しい顔……)

元気に走るファルの姿を、ルシーガが目を細めて見つめている。

息子に対する愛情の深さは、彼の表情や言葉から容易に感じ取れた。

ときに凜々《りり》しく、ときに優しいルシーガを、不思議な思いで見つめる。

「なんだ?」

「えっ?」

「俺の顔になにかついているか?」

「あっ、いえ……」

無意識に見つめていたのだと気づき、顔が真っ赤に染まった。

「そなた、本当に可愛いな」

楽しげに笑ったルシーガが、そっと腰に手を回してくる。

ドキッとした瞬間、勝手に身体が硬直した。

(なんで……)

ものすごくルシーガを意識している。

求婚なんかされたからだろうか。

馬鹿げていると思ったのに、彼を意識してしまう自分がわからない。

あれこれ思いを巡らせる玲司は、腰に回されている手の存在すら忘れ、ルシーガとともに王宮に入っていく。

「下がっていいぞ」

ルシーガが人払いをしたところで腰に添えられた彼の手に気づき、玲司はさりげなく距離を取った。

「ファル、お腹が空いていたんだね」

敷物の上に置かれたボウルに、待ちきれなかったファルが顔を突っ込んでいる。

玲司は敷物に腰を下ろして片膝を立て、ピチャピチャと音を立てながら勢いよくジュースを飲むファルを眺めた。

「さあ」

隣にどっかりと腰を下ろしてきたルシーガが、酒を満たしたをボウルを手渡してくる。

すぐ横に彼がいると思ったら、変な緊張が走った。

「いただきます」

軽く会釈をした玲司は彼に向けてボウルを掲げ、クイッと酒を呷った。

ジュースのような飲み心地ではあるが、かなり強い酒だと知ってからは加減して飲むようにしている。

でも、今は早く酔って緊張感から抜け出したい気分だった。

「体調はどうだ？」

「僕ですか？」

「ああ」

大きくうなずいたルシーガが、喉を鳴らして酒を飲む。

飲みっぷりは豪快なのだけれど、耳と尻尾があるから妙に面白い眺めだ。

毎日のように見ているけれど、ぜんぜん飽きないばかりか、ずって見ていたいと思うくらいだった。

「で、どうなのだ？」

「えっ？」

「そなたの体調だ。具合は悪くなったりしていないのか？」

酒を飲んでいた玲司がきょとんとすると、彼は訝しげに眉根を寄せた。

彼に見入ってしまい、質問に答えるのを忘れていたと気づく。

「あっ、はい、まったく問題ありません」

「そうか、ここでの食事が合わないのではと心配していたのだが、元気でなによりだ」

安堵の笑みを浮かべた彼が、自らボウルに満たした酒を呷る。

(心配してくれていたんだ……)

彼の気遣いが嬉しく、自然に頬が緩んだ。

最初は横柄で傲慢だと思ったけれど、それはとっくに覆されている。

彼はおおらかで、優しくて、頼りがいのある男なのだ。

「いまさら訊くのもなんだが、ここでの暮らしに不自由はないか？」

「とくにないです。ここだとのびのび暮らせて、前より健康になったように感じるくらいですから」

笑顔で答えながら、ジュースを飲み終えて敷物に寝そべったファルを撫でる。

柔らかな毛に覆われた腹が、ぽっこりと膨らんでいた。

「まだ喋りそうにないか？」

ルシーガがすやすやと眠るファルに目を向ける。

息子と言葉を交わせないのが、もどかしくてしかたないのだろう。

早くファルと話してみたい、初めて口にするのがどんな言葉なのか知りたいと玲司も思っている。

でも、同じ気持ちでいるとしても、父親であるルシーガのほうが早くという思いは強いはずだ。

「ルシーガさんや僕が言ってることを理解しているみたいなので、そろそろ喋り出すんじゃないかなって思ってます」

酒が効き始めてきたのか、少しずつ緊張が解《ほぐ》れてきた。

「ファルが喋るようになったら賑《にぎ》やかで楽しくなりそうだ」

「そうですね」

ルシーガと顔を見合わせて笑い、そのままファルに目を向ける。

もうすっかりルシーガたちとの暮らしに馴染んでいて、家族といるような穏やかな気持ちになれた。

(もしかしてルシーガさんも……)

唐突に嫁になれと彼が言い出したのは、自分と同じように三人で過ごす時間を心地よく感じているからかもしれない。

（だからって……）

今の暮らしは楽しくて、充実していた。

ここで頼れるのはルシーガだけだし、彼を信頼している。

とはいえ、男の身で嫁になることなどできないし、いずれは元の世界に帰らなければならないのだ。

（会えなくなるのかぁ……）

あれほど元の世界に帰りたいと思っていたのに、ファルやルシーガと別れるのが寂しく感じられてきた。

「もう少し飲むか？」

「は、はい……」

差し出したボウルに、ルシーガが酒を満たしてくれる。

「はぁ……」

ゴクゴクと飲み、大きなため息をついたら急に眠気が襲ってきた。

このままファルにくっついて寝たらさぞかし気持ちいいだろう。

「あっ……」

力の抜けた手からボウルが転げ落ちる。

「大丈夫か？」

「すみません……ちょっと横にな……」

酔いが回った玲司は最後まで言葉を紡ぐことなく、敷物に身体を横たえてしまっていた。

＊＊＊＊＊

「うん……」

ふと目が覚めた玲司は、横になったまま天井をぼんやりと見つめる。

頭がすっきりしないのは酒を飲んだせいだろうか。

「そうか……」

食事の途中で寝てしまったことを思い出し、むくりと起き上がる。

「目が覚めたか？」

「ルシーガさん……」

玲司のすぐ近くにルシーガが片膝を立てて座っていて、ファルは敷物の端で身体を丸めて寝ていた。

「あっ……」

敷物の柄を目にして、自分が寝室で寝ていたのだとようやく気づく。

「よく眠っていたので、こちらに運んできた」

「ありがとうございます。お手数をかけました……」

「礼には及ばぬ」

小さく笑ったルシーガが、ズイッと身を乗り出してくる。

顔が間近に迫り、玲司は目を丸くした。

「ル……ルシーガさん？」

ただならない雰囲気を感じて声を上擦らせた玲司の肩を、彼が押さえつけてくる。

「な、なにしてんだよ」

「そなたが欲しい」

身体を重ねてきたルシーガの唇が、どんどん迫ってきた。

「ちょっと待って……」

逞しい彼にのしかかられて抵抗できるわけもなく、容易《たやす》く唇を塞がれる。

「んんっ……」

彼が強引に唇を貪ってきた。

両の手脚をジタバタさせても、無駄な抗《あらが》いにしかならない。

そればかりか、搦《から》め捕《と》られた舌をきつく吸われ、身体から力が抜けてしまう。

「そなたが愛しくてたまらない」

ルシーガがキスの合間に、これまで聞いたこともない甘い声で囁いてきた。

その甘い声音に、玲司はハッと我に返る。

「ちょっと待ってってば……」

どうにか力を振り絞り、彼の肩を掴んで押し戻す。

いきなりキスをしてきたうえに嫁になれと言い放ったのだから、彼は好意を持ってくれているのだろう。

それくらいのことは玲司も理解できるが、あまりにも一方的すぎてついていけない。

好きになるのも、嫁にしたいと思うのも自由だけれど、こんなやり方はさすがに納得がいかなかった。

「レイ?」

どうしたと言いたげに見下ろしてくるルシーガに、玲司は尖《とが》った目を向ける。

いくら恋愛経験が乏しくて、いまだ童貞であったとしても、彼が口にした「欲しい」という言葉の意味は容易に察せられた。

好きだから抱きたい……彼は本能の赴くままに行動しているだけなのかもしれない。

だからといって、こちらの気持ちも考えずに突き進まれては困るのだ。

「怖がることはない。本気で惚れた相手に手荒な真似をするほど俺は愚かではない」

「そうじゃ……」

言い返したかったのに、唇を塞がれて言葉は途切れてしまった。

強引すぎて呆れてしまう。

ルシーガは一国の王なのだから、相手などよりどりみどりのはずだ。

なぜ忌むべき存在である人間、それも男に好意を抱いたりしたのだろうか。

「可愛いレイ、俺のものになれ」

息を触れ合わせながら囁いてきた彼を、困惑の面持ちで見つめた。

端整で凛々しい顔立ち、力強い瞳、日に焼けた肌、逞しい身体……稀《まれ》に見る格好良さだというのに、頭には可愛らしいトラの耳がある。

腹立ち紛れに殴りつけてもいいはずなのに、どうしても憎めずについ目を細めてしまう。

「レイ……」

嬉しそうに笑ったルシーガが、唇を重ね、きつく抱きしめてきた。

（まずい……）

こんな状況で笑ったりすれば、彼だって承諾したと思うに決まっている。けれど、悔やんだところで後の祭りだ。

「んんっ……」

その気になった彼は、執拗《しつよう》に唇を貪ってくる。

熱烈なキスに口元が緩み、舌の侵入を許してしまった。

「んっ……ふ……っ」

何度も搦め捕られた舌を吸われ、抗う力が奪われていく。

そればかりか、勝手に身体の熱が高まっていった。

いまだ童貞ではあるが、さすがにキスは経験している。

でも、こんなふうに体温が上がったのは初めてのことだ。

いったい、どうしてしまったのだろう。

「んふ……ぁ」

長いキスに頭の中が白み始める。

彼の肩を掴んでいた手が、力なく絨毯《じゅうたん》に滑り落ちた。

所在なげに投げ出した手を、柔らかな毛がかすめていく。

からかうように、幾度も手をかすめるふさふさの毛がなんとも心地いい。

(尻尾……)

長い尻尾を片腕に抱き寄せた玲司は、指先で毛を弄ぶ。

「そなたは俺の尾を気に入っているようだな」

耳をかすめていったのは、ルシーガの楽しそうな声。

「俺の嫁になれば、存分に遊ばせてやる」

彼の言葉に、玲司はふと我に返った。

身に危険が及んでいるというのに、尻尾を抱えて満足している場合ではない。

なぜこうもトラの耳と尻尾に惑わされてしまうのだろう。

「無理です……男なのにお嫁さんになんて……」

「ならば俺の伴侶になってくれ」

「言い方を変えただけじゃないですか」

真顔で瞳を覗き込んでくる彼を、軽く頬を膨らませて見返す。

「嫁でも伴侶でも妻でもなんでもいい……俺はそなたが欲しいのだ」

「どうして僕なんですか?」

すぐそこにある揺らぐことのない力強い瞳を、玲司は真っ直ぐに見つめる。

ファルを助けたのは確かであり、父親である彼にとっては恩人なのかもしれない。

でも、それだけで好きになったりするものだろうか。

ファルに懐いている自分を王国に留めておきたいから、ルシーガは上手いこと言いくるめようとしているとしか思えない。

「そなたと過ごすうちに、自然と惹かれていった。ファルのために一生懸命になっている姿、俺と酒を酌み交わしているときの笑顔、俺のそばでスヤスヤと眠る無邪気な寝顔……そなたを見ているだけで幸せな気分になるのだ」

「ルシーガ……」

「なによりも惹かれたのは、物怖《ものお》じすることなく俺たちを受け入れた心の広さだ。忌み嫌ってきた人間とは違うそなたならば、家族になれそうな気がした。どうあっても、そなたを俺だけのものにしたいのだ」

力強く言い切ったルシーガが、柔らかに見つめてくる。

彼がそんなふうに自分を見ていたなんて、まったく気がつかなかった。

こんなにも真っ直ぐに言葉をぶつけられたことがないから、嬉しいようなこそばゆいような不思議な気分になった。

「俺をこれほどまで熱くしたのは、レイ、そなたが初めてなのだ」

「あっ……」

力任せの抱擁と熱の籠もったキスに、玲司は一瞬にして脱力する。

ルシーガの妻になど、なれるわけがない。

彼の思いに流されてはいけない。

そう頭ではわかっているのに、なぜか拒むことができないでいた。

「っ……ん……」

彼が唇を貪るほどに、淫らな音が大きくなる。

キスが気持ちいいなんて初めて知った。

少しも嫌だと思わないばかりか、夢心地になっている。

「ふ……んんっ」

きつく舌を吸われてあごが上がり、胸の奥深いところが疼《うず》いた。

身体がどんどん火照っていく。

「ん、ふ……っ……」

キスをしながら身体をずらしたルシーガが、玲司が纏っている衣の上から腿《もも》に触れてくる。

大きな掌《てのひら》で布越しにさわさわと柔肌を撫でられ、こそばゆさに小さく身震いした。

「んっ」

その掌がゆっくりと這《は》い上がり、それと同時に衣の裾が捲《めく》れて細い脚が露わになるが、ねっとりとした甘いキスに溺れている玲司は気づかない。

「ふ……ぁ……ぅ……んん」

唇を甘噛みされ、大きな掌で直に肌を撫でられ、全身がじんわりと痺れた。

「レイ、愛しいレイ……」

耳に吹き込まれる囁きに、またしても身震いする。

まるで酔っているかのようにすべてが心地いい。

まだ酒が残っているのかもしれない。

そうでなければ、いくらなんでも抵抗しているはずだ。

「ひゃっ……」

内腿を這い回っていた掌で己を包まれ、玲司はヒクンと肩を跳ね上げ身を捩る。

「やっ……」

ルシーガが直に触れているのだから、さすがにおとなしくなどしていられない。

けれど、その程度の抵抗は無に等しかった。

「やっ……あああぁ……」

掌に収めたそれを、ルシーガが緩やかに扱《しご》き始めたのだ。

まだ柔らかな玲司自身が甘く痺れ、腰が勝手に浮き上がる。

「あっ……あぁ……」

自然に零《こぼ》れた艶《なま》めかしい感じ入った声に、ただならない羞恥を覚えた。

自分の声とはとうてい思えない。

自慰で快感を得ているときでも、こんな声を出したことがない。

ルシーガに触られて感じるなんて信じられない。

(どうしちゃったんだろう……)

自分の身に起きていることを考えたいのに、己を愛撫され続けているからそれどころではなかった。

「ふ……んんっ……」

巧みな指使いに、あまったるい声がひっきりなしにもれる。

己の熱が増していくのをはっきりと感じた。

あろうことか、ルシーガの愛撫に反応しているのだ。

「あ……くふっ……」

敏感な鈴口やくびればかりか裏筋までなぞられ、身悶《みもだ》えながらルシーガにしがみつく。

これほど強烈な快感を味わったことがない。

痺れる下肢が蕩《とろ》けそうなほど熱くなっている。

「気持ちよいか？」

耳元で訊かれ、彼にしがみついたまま小さく頭を横に振った。

感じているのを認めたくなかった。

なけなしの抵抗だ。

けれどそんなことは、手の中で反応した己の熱を感じているルシーガもお見通しだろう。

「強がるそなたも愛らしい」

楽しそうにつぶやいた彼が、手の動きを速めてくる。

すっかり勃《た》ち上がっている己が、強い刺激を受けてぐんと力を増した。

下腹の奥が熱く疼き、馴染みある感覚が湧き上がってくる。

「ひっ……あっ……ふん……」

もう少しの辛抱もできそうにないところまで、玲司は追い詰められていた。

「もっ、出そう……」

あまりの気持ちよさに我を忘れ、自ら腰を前後に揺らす。

「わかった」

短く言ったルシーガがおもむろに起き上がり、不意の動きに目を開けた玲司は驚きの光景に息を呑む。

「っ……」

なんと、彼が玲司の股間に顔を埋めたのだ。

「やーっ……」

熱の塊と化した己を咥えられ、悲鳴にも似た声をあげて硬直する。

そんなところを口に含むなんて信じられない。

「やっ、ダメ……そんなこと……」

彼の頭を掴んで必死に股間から遠ざけようとしたが、邪魔だとばかりに簡単に手を払いのけられてしまった。

「ひっ……」

先端やくびれを丹念に舐められ、強烈な快感に一気に脱力する。

やめてと言いたいのだけれど、あまりにも気持ちよすぎて言葉にならない。

「は……ぁ……ああっ」

根元近くまで咥え込んだかと思うと、そのまま窄《すぼ》めた唇で先端に向かって扱いていく。

気が遠くなるような甘酸っぱい痺れが、下肢全体に広がっていった。

ルシーガの唾液を纏った己が、口で扱かれるたびにピチャピチャと音を立てている。

キスのときとは比べものにならないほど淫らな音。

羞恥を煽られるばかりの玲司は、真っ赤に染まった顔を背けるけれど、音から逃れることはできない。

「やっ……あんっ」

鈴口を舌先で深く抉られ、炸裂した快感に大きく腰を跳ね上げる。

股間で渦巻いている射精感が、どうにも我慢しきれなくなってきた。

「ルシーガ……もっ、無理……」

燃えさかる熱の塊が、下腹の奥から迫《せ》り上がってくる。

無我夢中で腰を前後させる。

「ひっ」

吐精の寸前で尻に異物を感じ、玲司の動きが止まる。

なんと、ルシーガが尻の奥に指を滑り込ませてきたのだ。

「ルシーガ……」

顔を引きつらせながら、玲司は腰を振って逃げ惑う。

けれど、己は彼に咥えられているから、逃げようにも逃げられない。

無闇矢鱈《やたら》に足掻いていたら、勢いよく長い指で秘孔を貫かれてしまう。

伝い落ちた唾液で濡れていたからか、彼の指を驚くほど易々《やすやす》と呑み込んでいき、ただならない異物感の窮屈さに顔をしかめる。

「やだ……ルシーガ……やめて、気持ち悪い……」

身を捩りながら異物の不快感を訴えたけれど、彼は耳を貸すことなくどんどん指を奥へと押し進めてきた。

ルシーガは秘孔を責め立て、さらに咥えたままの己を刺激してくるからたまらない。

達することができずに喘いでいる己をからかうかのように、丹念に舌を絡めてくる。

唇と舌で愛撫されている己は気持ちいいのに、指で貫かれている秘孔は気持ち悪くてしかたない。

「んっ……くぁ」

ルシーガが急に指を抜き差しし始め、秘孔の不快感に小さな痛みが加わる。

彼がなにをしたいのかわからない。

このまま吐精できなかったら、きっとおかしくなってしまうだろう。

「ひゃ――――っ」

突如、下腹の奥でなにかが弾け、達したかと思われた。

それなのに、己は吐精していない。

同じことが繰り返され、玲司はひたすら喘ぐ。

「やっ……はっ、ああっ……んっ……あ」

吐精を伴わない達成感は、気持ちがよくて辛いという不思議な感覚だ。

「もっ……出る……」

ついに抗いがたい射精感に襲われた。

それを察したかのように、ルシーガがことさらきつく窄めた唇で己を扱き、下腹の奥から押し寄せてきた奔流に身体ごとを持って行かれる。

「はうっ」

腰を突き出して極まりの声をもらした玲司は、彼の口内めがけてすべてを解き放つ。

己を咥えられたまま吐精するのは、これまで味わったことがない心地よさだった。

「はぁ、はぁ……」

ひとつ身震いし、熱に潤んだ瞳でぼんやりと天井を見上げる。

呼吸は乱れているけれど、全身を満たしていく解放感は格別だ。

「くっ……」

ルシーガは余韻に浸ることすらさせてくれない。

彼は股間から顔を上げると、秘孔に埋めていた指を引き抜いたのだ。

鈍い痛みを伴う不快感に、ギュッと唇を噛む。

「レイ……」

ルシーガが神妙な面持ちで見つめてきた。

見たこともない表情に、玲司は潤んだ瞳を瞬かせる。

「そなたは俺のものだ」

きっぱりと言い切った彼が、すかさず玲司の両足を担ぐ。

制止する間もなく怒張の先端を秘孔にあてがい、勢いよく腰を押し進めてくる。

「はぅ」

衝撃に身体が大きく仰《の》け反り、息ができなくなった。

彼の怒張は指とは比べものにならないほど逞しい。

貫かれた柔襞《やわひだ》が悲鳴をあげる。

「やっ、あああぁ……ああっ――」

それは堪えがたい痛みだった。

玲司は汗を散らしながら叫び、秘孔に穿《うが》たれた楔《くさび》から逃れようと足掻くが、ルシーガは阻むように身体を倒してくる。

両手を玲司の脇について身体を支え、そのまま最奥を突き上げてきた。

あまりにも強烈な痛みに、さらなる汗が噴き出す。

「やっ……痛い……」

「痛みはいっときのものだ」

ルシーガにそう言われたところで納得などできない。

なにしろ、彼は痛い思いをしていないのだから。

「あっ……」

痛みに堪えながら涙を滲ませていると、不意に柔らかな毛で頬を撫でられた。

覚えのある気持ちのいい感覚。

やはり、長くてふさふさした尻尾だった。

少しでも痛みから逃れたい玲司は、両手で長い尻尾を抱え込む。

「よほど俺の尾が好きなのだな」

尻尾を胸に抱く玲司を、ルシーガが愛しげに見つめてくる。

彼の尻尾が大好きだ。

触れているだけで安堵感を覚える。

ふとした思いつきではあったけれど、こうしていれば痛みを忘れられそうだ。

「そなたは本当に可愛い」

微笑ましげに笑った彼が、ゆるりと腰を使い始める。

「くっ……」

不意の動きに痛みを感じた玲司は、抱えている尻尾に意識を向けた。

少し痛みが遠のいたような気がする。

ルシーガの動きが次第に大きくなっていく。

「あぁ……んっ」

奥深いところを繰り返し突き上げられ、甘ったるい声がひっきりなしにもれた。

怒張に擦られる柔襞は激しく痛むのに、突き上げられる最奥はまるで快感を得ているかのように甘く痺れているのだ。

「ひゃっ……」

達してすでに萎えている己を握り取られ、浮いている腰がひくっと震える。

「ともに楽しもう」

ルシーガが腰を使いながら、己をゆるゆると扱き始めた。

萎えて縮こまっていた己が、瞬く間に反応して熱を帯びてくる。

彼の愛撫が気持ちよくてたまらない。

「ふんっ……あぁ……」

再び訪れた快感に、尻尾を抱きしめたまま腰を揺らめかせた。

あれほど痛かったのに、今はこんなにも感じている。

そればかりか、早くも二度目の射精感に襲われ始めた。

日に二度も達することなどできるのだろうか。

自慰すらたまにしかしてこなかった玲司は、快感を貪りながらそんなことを考える。

「レイ……」

余裕のない声をもらしたルシーガが、抽挿を速めてきた。

強烈な突き上げに、尻尾を抱えている玲司の小さな身体が揺さぶられる。

己を扱く手の動きも同様に加速し、瞬く間に射精感が高まっていく。

「やっ……あああっ……ぁ……出る……あぁぁ」

繰り返される抽挿と己への愛撫に翻弄され、堪《こら》え性のない声をあげながら妖しく身悶える。

「レイ、私もそろそろだ」

「あ……う……」

これまで以上に抽挿が速まり、前後から湧き上がってくる快感に玲司も自ら腰を揺らす。

感じているのは尻尾の心地よさと、快感だけだ。

「あぁ……もっ……」

射精感が怒濤《どとう》のごとく押し寄せ、玲司は思いきり息む。

「んっ」

「レイっ……く……っ」

同時に呻いて大きく腰を突き上げてきたルシーガが、唇を噛んで苦悶の表情を浮かべる。

けれど、それはほんの一瞬のことだった。

彼はすぐに顔を綻ばせ、半ば放心状態の玲司を愛しげに見つめてきた。

「レイ……」

そっと繋がりを解いて玲司の足を下ろした彼が、微笑んだまま身体を重ねてくる。

「ルシー……」

精も根も尽き果てている玲司は、ルシーガの重みを感じる間もなく意識を飛ばしていた。

第六章

「はぁ、あったかい……」

柔らかな毛に頭を預けている玲司は、トラの姿で横たわるルシーガから伝わる温もりに夢心地で浸っている。

「気持ちいいなぁ……」

無意識に抱き寄せたふさふさの尻尾を撫で回し、手触りのよさを楽しむ。

鋭い牙を持つ巨大なトラと一緒に寝ているというのに、安心感に包まれている不思議。

自分だけに与えられた特権。

永遠にこうしていられたら、どれほど幸せだろうか。

「っ……」

寝返りを打とうとした瞬間に感じた鈍い痛みに、昨夜のことを思い出した玲司は、弄んでいた長い尻尾を呆然と見つめる。

昨晩はルシーガを拒むことができず、身体を繋げてしまったのだ。

「どうして……」

彼を怖いとか嫌だと思ったことがない。

それどころか、一緒にいると安堵感や幸福感を覚える。

「でも……」

ルシーガは人間ではなくトラであり自分と同じ男だ。

思いを吐露されたときは胸が熱くなったけれど、彼の嫁になるのはとうてい無理な話であって結婚などできっこない。

ただ、結果として彼を受け入れてしまったから、結婚を了承したと思ったに違いない。

「あれは酔ってたから……」

拒めなかったのは酒に酔っていたからだ。

自分でも彼を受け入れたのが信じられないのだから、酒が悪さをしたのだ。

もし、素面だったらルシーガの意のままにはなっていなかったはず。

「そう、酒のせい……」

誤解だとわかれば、彼だって結婚を強いたりしないにきまっている。

いささか強引ではあるけれど、話が通じない相手ではないのだから。

「ルシー……」

ぐっすり眠っている彼を起こそうとしたとき、目を覚ましたファルが玲司の腕をペロペロと舐め出す。

ルシーガを起こすべきか、ファルの相手をしてやるべきか迷っていると、玲司の身体によじ登ってきた。

こうなってしまえば、もうファルをかまってやるしかない。

「向こうで遊ぼうね」

よく眠っているルシーガを起こすのが忍びなく、玲司はファルを抱きかかえてそっと寝室を後にした。

隣の部屋に移動してファルを床に下ろし、彼のために作った猫じゃらしもどきを手に取る。

細い木の枝に織物の切れ端を何本か結びつけただけのものだが、ファルはとても気に入ってくれていて、目の色を変えてじゃれついてくるのだ。

「ほーら、こっちだよー」

隣でルシーガが寝ているから、自然と声が控えめになる。

その代わり、いつもより大胆に猫じゃらしもどきを振り回した。

床を這わせ、高く掲げ、素早く左右に動かす。

俊敏なファルは、前脚でひらひらと動く織物の切れ端を叩きつけたり、ぴょんと跳び上がって咥え取ったりする。

気がつけば、無邪気なファルと一緒になって部屋を駆け回り、楽しく遊んでいた。

「朝から賑やかだな」

突如、聞こえたルシーガの声に、猫じゃらしもどきを振り回していた玲司の手がピタリと止まる。

「お……おはようございます。ファル、パパが来たよ」

どうにか挨拶をしたものの、顔を見ただけでドキドキしてしまい、玲司はすぐファルに視線を移してしまった。

（なんで……）

心臓がバクバクしている。

昨晩の出来事が、まざまざと脳裏に蘇《よみがえ》る。

本当に酒のせいだろうか。

酒のせいにできないなにかを、漠然とながらも玲司は感じている。

だからだろうか、彼に伝えなければならないことがあるのに、言葉が出てこないでいた。

「ファル、おいで」

ルシーガに呼ばれたファルが、首だけを巡らせる。

父親に呼ばれても行かないのは、まだ遊び足りていないのかもしれない。

「それを貸してくれ」

しかたなさそうに笑って歩み寄ってきた彼に、玲司は黙って猫じゃらしもどきを手渡す。

まだ胸がドキドキしている。

そればかりか、ルシーガと目を合わせることすらできないでいた。

「ほーら」

床に胡座をかいた彼が、誘うように織物の切れ端を揺らす。

父親の手に渡った猫じゃらしもどきを見て、すでにやる気満々になっていたファルがすぐに飛びかかっていく。

「おお、そんなに高く飛べるのか」

ルシーガが感心したような声をもらし、より高く手を上げる。

猫じゃらしもどきの動きに合わせて、ぴょーん、ぴょーんと飛び上がるファルは必死の形相なのだが、それがまた可愛らしい。

相手をしてやっているルシーガもまた、幸せそうな笑みを浮かべている。

このまま彼らとここで暮らせたら、どんなに楽しいだろうか。

そろそろファルも喋り出しそうだし、今以上に賑やかになるのは間違いない。

子煩悩なルシーガと、愛らしいファルがいつもそばにいる生活。

ルシーガと出会わなければ、味わうことはなかったであろう満ち足りた日々。

「まだ遊ぶのか？　レイ、交代してくれ」

ルシーガが猫じゃらしもどきをポーンと放ってくる。

弧を描いて飛んでくるおもちゃを、ファルが瞳を輝かせて追ってきたが、勢い余って玲司の横を通り過ぎてしまう。

「ファル、元気がよすぎだ」

ルシーガが楽しそうに声を立てて笑う。

部屋に響いたおおらかな笑い声にすら、玲司は心地よさを覚える。

彼らといると幸せしか感じない。

どんどん気持ちが豊かになっていくような気がする。

「こっちに」

駆け回るファルを面白がったルシーガが、それを投げろと手振りで示す。

玲司は猫じゃらしもどきを振ってファルの気を引いてから、ルシーガに向けて投げた。

ファルは瞳を爛々《らんらん》とさせ、一目散に駆けていく。

飛んできた猫じゃらしもどきを片手で受けたルシーガに、走るファルが勢いそのままに飛びかかる。

「いい子だ、いい子だ」

ほとんど体当たりしたようなものだが逞しいルシーガはびくともせず、ファルを抱き上げて頬をすり寄せた。

身体が弱い息子を心配していた彼は、元気いっぱいのファルを見るのが嬉しくてたまらないのだろう。

「食事の前に川で水浴びでもするか」

ファルを抱っこしたまま立ち上がったルシーガが、玲司に視線を向けてくる。

「レイも一緒にどうだ？」

「は、はい」

誘われた玲司は、すぐさま立ち上がった。

ルシーガに出された条件を呑んで始めた生活が、いまではあたりまえになっている。

ファルが言葉を話せるようになったら、人間の世界に戻らなければならない。

（きっと、もうすぐ……）

彼らの国でずっと暮らせないことくらい理解しているのに、元の世界に帰る日のことを考えるとてつもない寂しさを覚える。

自分が生きるべきは人間の世界。

彼らが暮らす王国は誰にも知られてはならない世界。

未練を残さず王国を去ることができるだろうか。

どうして、こんなにもこちらの世界に惹かれてしまうのだろうか。

考えるほどにわからなくなってくる玲司は、ファルを抱っこして歩くルシーガの後ろ姿を見つめながら川へと向かった。

第七章

早くに目が覚めてしまった玲司は、虎の姿で横たわっているルシーガの脇腹に頭を預けたまま、ぼんやりと考え事をしていた。

ルシーガに抱かれてからもう三日が過ぎているのに、まだ酒に酔っていたせいで身を委ねてしまったのだと言えないでいる。

彼は体を重ねたことで、玲司が嫁になることを承諾したと思い込んでいるのか、とくにそのことに触れるわけでもないばかりか、夜な夜な事に及ぼうとするわけでもなかった。

これまでと同じように接してくるから、よけいに嫁になる気はないのだと言いにくい。

それに、嫁にならないと言ってしまうと、いまの穏やかで楽しい暮らしがそこで終わってしまいそうで怖いのだ。

ここで暮らせるのはファルが言葉を話せるようになるまでだが、いますぐというわけではない。

ルシーガたちとの生活が楽しくてならないから、できることならもう少しここで彼らと暮らしたいと思ってしまうのだ。

「ファル……」

躯を丸めて寝ているファルの頭にそっと手を置く。

「あれ？」

掌に伝わってくる熱がいつもより高い。

どうしたのだろうかとファルの顔を覗き込むと、舌をだらりと出してハァハァと荒い息をしていた。

いつもと様子があきらかに違う。

急いで身体を起こし、ファルを抱き上げてみるとぐったりしていた。

「ファル……」

瞼を上げて確認した瞳には、薄い膜がかかっている。

体調不良の表れだ。

四肢は完全に脱力していて、見るからに辛そうだ。

「ルシーガ、ルシーガ、起きてください」

しっかりとファルを抱っこしたまま、まだ寝ているルシーガを揺り起こす。

「ルシーガ」

「なんだ？」

ようやく目を覚ましたルシーガが、虎の姿のまま頭だけをもたげて玲司を見てくる。

「まだ起きるには早いではないか、もう少し寝たらどうだ？」

「のんびりしている場合じゃありませんよ。ファルの具合がよくないんです」

玲司が厳しい声で言い放つと、大あくびをしていたルシーガがのそりと動く。

抱いていたファルをそっと敷物に横たえて振り返ると、ルシーガはすでに人の姿になっていた。

「ファル、どうしたんだ？　ファル……」

敷物に跪き、荒い呼吸を繰り返すファルを呆然と見つめる。

「いったいなにがあったんだ？　こんなファルは見たことがない。ファル……ファル……」

ルシーガはあきらかにオロオロしていた。

大事なひとり息子が息も絶え絶えなのだから、冷静ではいられないだろう。

まずは彼を安心させるのが先だ。

「落ち着いてください。僕はずっとトラの生態について研究してきました。それに、獣医の資格を持っているんです」

「ジューイとは？」

「動物の怪我や病気を治す専門家です」

「ならば、早くファルを……ファルを助けてくれ」

切羽詰まった声をあげたルシーガが、ファルから少し離れる。

診断しやすいようにと、気を利かせてくれたようだ。

玲司は正座をしてファルの顔を覗き込み、胸に手を当てる。

鼓動は速いが、尋常ではないというほどではない。

鼻の頭が乾いていて、少し鼻水が出ている。

躯が弱いとは聞いていたが、これまでに駆け回ったあとに息切れをしている様子もなく、心配するほどではないと判断していた。

発熱の原因はいろいろ考えられるが、昨夜は就寝の直前まで元気でいたし、高熱、呼吸の乱れ、鼻水といった症状しかないことから、風邪を引いたのだろうと思われる。

「どうだ？　治るのか？」

黙って見ていたルシーガも痺れを切らしたのか、玲司に近づいてきた。

「これは風邪の症状だと思います」

「風邪？」

「心配することはありませんよ。水分とビタミンを補給して、しばらく寝ていれば治ります」

「どうした」

急に立ち上がった玲司を、ルシーガが訝しげに見上げてくる。

「森にはビタミンがたっぷりの果物がたくさんありますから、行って採ってきます。ルシーガはファルの首の後ろや脇の下を冷やしてあげてください」

「わかった」

「じゃ、行ってきます」

ファルのことはルシーガに任せ、急いで部屋を出た玲司は一目散に森へと向かう。

ずっとジュースが食事代わりだったファルも、最近では柔らかい魚を食べるようになっているから、ビタミンが不足していたのかもしれない。

「あんなルシーガ、初めて見た……」

不安でいっぱいの顔が、目に焼き付いている。

いつも凛々しくて毅然としてる彼が、あんなにオロオロするとは思いも寄らなかった。

ファルはたいせつなひとり息子。

ルシーガは心からファルを愛しているのだ。

「早くファルを元気にしてあげたい……」

心配そうなルシーガの顔はもう見たくない。

彼にはいつも威風堂々としていてほしい。

「ルシーガは格好よくなきゃ」

熱を出したファルも気になるけれど、それよりも不安でたまらないであろうルシーガがもっと気になっている。

「確か柿があったはず……」

森に入った玲司は、果物がなっている木を見上げながら歩く。

ここではさまざまな果物を食べた。

見た目はあきらかに異なっていても、食べれば馴染みのある果物だとわかるものが多く、その中に柿があったように記憶している。

柿のビタミンCの含有量は、オレンジなどの柑橘《かんきつ》類を上回るのだ。

「あっ、柿ってジュースにできたっけ？」

王国には果物を搾る機械などないから、柑橘類以外は石臼《いしうす》のようなものの中で砕いてから布で漉《こ》してジュースにしている。

水分が少ない柿から果汁を搾り取れるだろうか。

「そうか混ぜればいいのか……あった、あれだ！」

目当ての果物を探し当てた玲司は、長い枯れ枝を見つけて柿を叩き落とす。

皮は黒ずんでいて、とても美味しそうには見えないが、味は遜色ない。

いつでも手に入れられるから、二個あれば充分だ。

あとは柑橘系の果物があればジュースにできる。

「ランジュでいいか……」

日本のミカンによく似た形の果物で、味はオレンジに近い。

濃厚で甘い口当たりだからか、以前のファルはランジュのジュースをよく飲んでいた。

味が気に入っている玲司は日々、自分で採っては囓っているため、ランジュがなる木を探すまでもない。

「早く戻ってあげないと……」

柿とランジュを手に急いで王宮へと戻り、厨房へと向かう。

「すみません、ジュースを作らせてください」

食事の用意をしている女性たちに声をかけ、道具と食器を貸してもらった。

できるだけ果汁が取れるように柿を細かく砕いていく。

ほどよく潰れた柿にランジュの果汁を搾り入れる。

あとは布で搾れば特製ジュースの完成だ。

「ありがとうございました」

ジュースを入れたボウルを持って、ルシーガとファルが待つ部屋へと急ぐ。

ただ、ジュースを零すわけにはいかないから、走ることは憚《はばか》られた。

一刻も早くファルに飲ませてあげたいのに、早足で進むことしかできないのがもどかしい。

「ただいま」

部屋に入っていくと、敷物に片膝を立てて座っているルシーガが振り返ってきた。

「レイ、まだ息が荒いんだ……」

見上げてくる瞳には、不安が色濃く浮かんでいる。

いつもの輝きを失った瞳が、ことさら弱々しく見えた。

「ジュースを飲めば少し落ち着きますよ」

不安を取り除いてあげたい思いから、あえて笑みを浮かべて彼に歩み寄る。

彼のそばには木桶があり、横たわっているファルの頭の後ろと脇の下に白い布が見えた。

どうやら、濡らした布で冷やしてあげてくれていたようだ。

きちんと対処できるだけの冷静さは残っていたようで安心した。

「スプーンで飲ませますから、ファルを抱っこしてください」

「ああ」

熱に喘《あえ》ぐファルを、ルシーガが慎重に抱き上げる。

彼らの前に跪いた玲司は、躯を冷やしていた布を取り上げてファルのあごに添え、スプーンですくったジュースを飲ませていく。

「もう少し上を向かせたほうがいいか？」

「そうですね。でも、ちょっとだけで大丈夫です」

心配そうな顔をしているルシーガと二人がかりで、少しずつジュースをファルの口に運ぶ。

ファルは意識が朦朧《もうろう》としているから、自ら飲み込むことができずにジュースのほとんどが口から伝い落ちてしまう。

「あっ……」

諦めずにジュースを口に入れていると、ファルがペロリと舌なめずりをした。

無意識にやったようだが、舌や口内が濡れた感覚に反応したのだ。

「もう少し飲ませてやってくれ。可哀想に、きっと喉が渇いているんだ」

ファルの動きを目にしたルシーガに急かされ、玲司は何度もジュースを飲ませる。

しばらくすると、顔に近づけたスプーンにファルが自ら舌を伸ばし、ピチャピチャと舐め始めた。

「美味いか？　たくさん飲むんだぞ」

安堵の笑みを浮かべたルシーガが、ファルの頭を優しく撫でる。

わずかではあるけれど、ファルの呼吸も静かになってきているようだ。

〈フゥ……〉

ファルが満足そうに小さな息を吐く。

「これくらいにして、寝かせてあげましょう」

「そうだな」

ファルの濡れた口元を布で拭ってやると、ルシーガがぐったりしている小さな躯をそっと敷物に横たえた。

〈フゥー〉

またしてもファルが息をついた。

だいぶ楽になったように見える。

「レイ、あとどれくらいでファルはよくなる？」

「はっきりとは言えませんけど、今の感じだと今日のうちに自分からジュースを飲むようになりそうかなと……」

「そうか、よかった……」

ほっとしたように肩の力を抜いたルシーガが、玲司の手から布を取り上げ、木桶の中ですすいで固く絞った。

「苦しくないか?」

ファルに優しく声をかけながら首の後ろに濡らした布を当て、そっと背を撫でる。

子を心配する父親の姿に、玲司は胸が熱くなった。

ルシーガにとってファルは、本当にかけがえのない存在なのだ。

温かな瞳でファルを見守るルシーガが、とても素敵に見えた。

自分にできるかぎりのことをしてあげたい。

ファルが元気になれば、ルシーガも安心する。

また楽しく三人で過ごすことができるのだ。

「桶の水を替えてきますね」

「いや、俺が行く。そなたは果物を採りに行ってくれたのだから少し休んでくれ」

立ち上がった玲司を、慌てたようにルシーガが制してきた。

「ファルが目を覚ましたときにルシーガがいないと寂しい思いをするから、そばにいてあげてください」

「すまない……」

申し訳なさそうに目を細めた彼を残し、玲司は木桶を持って部屋をあとにする。

ファルが心配でたまらないはずのルシーガが、自分のことを気遣ってくれた。

彼の優しさが胸に響く。

「ずっと一緒にいられたらなぁ……」

あれほど元の世界に戻りたいと思っていたのに、いまは彼らが暮らすこの王国のことばかり考えている。

どうしてこんなにも惹かれるのだろうか。

「ルシーガとファルがいない世界……」

三人での暮らしが当たり前になりすぎて、彼らがいない生活が思い描けない。

元の世界には気の合う仕事仲間がたくさんいるけれど、家に帰ればひとりぼっちだ。

ナラタワ島で働き始めてから、島でのひとり暮らしを寂しいと思ったことなど一度もない。

それなのに、いまはひとりになるのが怖いくらいに感じている。

ルシーガたちと密接な時間を過ごしたからだろうか。

「なんだろうこの変な感じ……」

自分でも不思議なくらい、心が不安定になっている。

考えれば考えるほど、深みにはまっていきそうで怖い。

「早くしないと……」

いつまでも戻らなければ、ルシーガが心配するだろうと思い、玲司は急いで川に行って桶の水を入れ替える。

彼はファルの看護を世話係の女性たちに任せるだろうと思っていたから、ジュースを作って部屋に戻ったとき、誰もいないことに少なからず驚いた。

ファルがたいせつな存在だからこそ、心配でたまらない彼は人に任せることができなかったのだろう。

ファルに対する愛情の深さに、改めて心を動かされた。

ルシーガは父親にすら懐かないと零していたけれど、最近のファルは自ら躯をすり寄せたり楽しそうに遊んでいる。

懐かなかったのではなく、そう思い込んだルシーガが接し方に戸惑ったことで、ファルは本能的に遠慮していたようにも思えた。

一緒に遊ぶようになって父親の変化を察し、ファルは自然に懐くようになったのだろう。

ルシーガは溢れんばかりの愛情を注いでいるのだから、ファルだってそれを感じないわけがないのだ。

「親子っていいよなぁ……」

早くに両親を亡くしてしまったけれど、記憶にないほど遠い日のことではない。

家族三人での楽しい日々はしっかりと覚えている。

それでも、ひとりで過ごす時間のほうが長くなってしまったせいか、仲のいい親子を目の当たりにすると、やはり家族はいいものだなと思うのだ。

「今日、明日はファルの看病をしてあげないと……」

新たな水を汲んだ木桶を抱えた玲司は、急ぎ足で王宮へと戻っていった。

＊＊＊＊＊

夜になり、ファルの容態もずいぶん落ち着いてきた。

呼吸は穏やかになり、スプーンにすくったジュースを自らピチャピチャと舐めるようになっている。

躯はまだ熱を持っているのだが、水分を補給してはぐっすり眠るという状況になっているので心配はなさそうだ。

「ファルは僕が見ていますから、少し休んでください」

ジュースを飲んだファルが眠りについたのを確認した玲司は、いっときも息子のそばから離れないルシーガに声をかけた。

その場から動かずファルを見守る彼は、いつもは真っ直ぐ伸びている長い尾をずっと身体に巻き付けている。

ピンと立っているはずの耳も心許《こころもと》なく感じられ、ファルより彼のほうが心配になった。

「いや、俺は大丈夫だからレイこそ休んでくれ」

「でも、朝からなにも食べていないじゃないですか。せっかくファルの具合がよくなっているのに、ルシーガが体調を崩したりしたら寂しがりますよ」

彼の気遣いは有り難いけれど、休んでほしい思いから説得を試みる。

なにより、彼が朝からなにも口にしていないのが気にかかった。

玲司は世話係の女性が運んできた果物や料理を、看病の合間を見て食べているのだが、彼はいくら勧めてもいっさい手をつけなかったのだ。

ファルのことが心配で、食事も喉を通らないといったところだろう。

「急にファルの容態が悪くなるとは思えませんから、せめて食事だけでもしてください」

「しかし……」

ファルを優しく撫でているルシーガは、どうあってもそばを離れたくないらしい。

とはいえ、彼は一国の王なのだから、体調を崩すようなことがあってはならないはず。

「じゃあ、運んできますから、ここで一緒に食べましょう」

そう言って立ち上がった玲司は、隣室に食事を取りに行く。

昼に届けられた食事はとうに下げられていて、だいぶ前に夕食が運ばれてきた。

「さすがにお酒は飲まないかな……」

木製のトレイに果物、魚料理、椰子《やし》の実のジュースを載せる。

椰子の実に含まれる大量の水分は仄《ほの》かな甘みしかなく、王国では水代わりに飲んでいるようで、食事の際にいつも添えられていた。

「よく寝てますね」

運んできた食事を絨毯に下ろして座った玲司は、静かな寝息を立てているファルの顔を覗き込む。

「早く元気に走り回れるようになるといいのだが……」

柔らかに目を細めたルシーガが、木製のトレイを挟んで玲司と向き合う。

「世話をかけてすまない。そなたには心から感謝している」

「たいしたことしてませんから、さあ食べましょう」

改めて礼を言われて気恥ずかしくなり、トレイから取り上げた果物を齧る。

「酒は置いてきたのか？」

「ええ、たぶん飲まないだろうと思って持ってこなかったんですけど、飲みたかったですか？」

「いや、とても酒を飲む気分ではないな」

「ですよね」

やっぱりと笑った玲司を見て、ルシーガが微笑む。

彼は少しずつ不安が薄らいでいっているのだろう。

朝からずっと硬い表情をしていたこともあり、彼の笑顔を見られてほっと胸を撫で下ろす。

「はぁ……」

果物を囓ったルシーガが、大きなため息をもらした。

身体に巻き付けていた長い尾が、いまは絨毯に投げ出されている。

先ほどはよほど気が張り詰めていたようだ。

「今夜はもうジュースを飲ませなくても大丈夫そうか？」

「ええ、昼に作ったジュースがほぼなくなってますから、今夜はもういいと思います」

「そうか……」

ルシーガが安堵の笑みを浮かべる。

「辛そうなファルを見るのはもうこりごりだ」

「まだ小さいんですから、たまには風邪も引きますよ。でも……」

「なんだ？」

言いかけてやめた玲司を、彼が訝しげに見返してきた。

「いえ……不謹慎なのでやめておきます」

「気にせず言ってみろ」

「でも……」

「いいから」

強さを取り戻した瞳で見据えられ、玲司はしかたないと観念する。

「こんなこと言ったらあれなんですけど、ルシーガと一緒にファルを看病できて、なんだか楽しかったです」

「楽しかった？」

「なんかファルのお母さんになった気分で……」

玲司は照れ笑いを浮かべ、軽く肩をすくめた。

「そなたは本当の母親のようだなと、俺も思っていたところだ」

予想外の言葉に、思わず目を瞠る。

まさか互いに同じようなことを考えていたとは、驚き以外のなにものでもない。

「そなたがずっとここに留まってくれるのだから、きっとファルも喜ぶことだろう」

「あっ……あの……」

楽しい気分が一瞬にして吹き飛び、いつになく表情が強ばった。

身体を繋げ合ってしまったから、ルシーガは玲司が嫁になると確信している。

きちんと話をしておかなかったことを、いまさらながらに悔やむ。

「レイ？　まさか心が決まったわけではなかったのか？」

彼が怪訝な顔つきで見つめてくる。

「すみません……僕は……」

返す言葉が見つからず、玲司はきつく唇を噛む。

「俺もファルもそなたを必要としているのだ。俺の嫁になって一緒にファルを育ててくれないか？」

改めて求婚してきたルシーガが身を乗り出し、トレイ越しにそっと手を握る。

真っ直ぐに向けられる真摯な瞳。

大きな掌から伝わる温もり。

強さと優しさを併せ持つ彼は好ましい存在になっている。

だから、最初のときのように拒絶の言葉が出てこない。

「少し……あの……少し考えさせてください」

「ああ、わかった」

答えを急くことなく時間を与えてくれた彼が、椰子の実のジュースをゴクゴクと飲む。

機嫌を損ねてしまっただろうか。

けれど、待ってもらうしかない。

（どうして……）

答えに迷っている自分に困惑する。

ここでの暮らしに居心地のよさを感じているのは確かだ。

だからといって、なぜトラであり男であるルシーガから求婚されて迷ってしまうのだろう。

「気持ちよさそうに寝ている……」

愛おしげにファルを眺めるルシーガを見つめる玲司は、なかなか出てこない答えに頭を痛めていた。

第八章

ファルが熱を出してから五日が過ぎ、これまでのように玲司は一緒に遊んでいる。

すっかり回復した彼は、よく飲み、よく食べ、よく遊んだ。

「ファル、早くパパが帰ってくるといいね」

足下でちょこまかと動くファルに声をかけながら、陽当たりのいい小道を散歩する。

ルシーガは長老たちとの会議に出ていて、いつ戻るのかわからない。

基本的に敵が存在しない王国では、せいぜい小競り合いがあるくらいで、大きな争いごとは起きないという。

王国外から攻められないとはいえ、多種類のネコ科の動物が平和に暮らしていくのは大変なことだ。

ルシーガはあまり自分のことは話してくれないが、王国を統べる者としての苦労は想像に難くない。

まだ幼くて言葉もままならないファルも、いずれは王の座に就くのだ。

立派に成長していくファルを、ルシーガとともに見届けたい。

そんな思いがふと脳裏を過る。

「ファルはパパのこと好き？　パパはファルのことが大好きなんだよ」

まだ言葉が完全には理解できていないのか、ファルがタタタッと前に進んだかと思うと、急にお座りをして耳の後ろを掻き出す。

「早くファルとお喋りしたいな」

自由気ままな彼を、その場で足を止めて眺める。

「ファル、そろそろ……」

たっぷり散歩もしたので王宮に戻ろうかと思った玲司は、かすかに聞こえてくる水音に気づいて前方に目を凝らす。

小道に沿って進むと、流れが緩やかで綺麗な水が流れる川に出る。

普段からファルと散歩がてら水遊びをしにいく川だが、病み上がりなので王宮に戻ろうとしたのだ。

「誰か水浴しているのか……」

人の姿は確認できたけれど、逆光でよく見えない。

手を額に翳して改めて目を凝らした玲司は、驚きの光景にハッと息を呑む。

「ルシーガ……」

腰に布を巻いた半裸の彼が、木桶に汲んだ水を頭からかぶる。

水面と飛び散る飛沫《しぶき》が陽を受けてキラキラと輝く。

耳と尻尾があるからか、水を浴びるルシーガの姿がとても幻想的に映る。

なんて逞しく凛々しいのだろう。

惚れ惚れとする立ち姿に、額に手を翳したまま見惚れた。

「あれは……」

目の端に川辺にいる若い女性を捕らえる。

ルシーガの世話係だ。

彼が木桶を手に川辺に戻ってくると、すぐさま白い布を手にした彼女が歩み寄っていった。

木桶を地面に下ろしたルシーガに、彼女が白い布を広げて肩に羽織らせる。

彼はその場に立ったまま、彼女に身体を拭かせた。

手の先まで丹念に拭いていく彼女に、ルシーガがなにか声をかける。

言葉を交わす彼らはなんとも楽しげだ。

女性は柔らかに微笑み、ルシーガにいたってはなんだかにやけているように見えた。

甲斐甲斐しく世話をされる彼は、喜んでいるとしか思えない。

「普通は女の人のほうが……」

王国にはたくさんの女性がいるのに、なぜ男を娶《めと》ろうとするのか。

妻にするなら女性がいいに決まっている。

「やっぱり本当は……」

ルシーガは一緒にファルを育ててほしいようなことを言ったけれど、王国の存在を知った人間を留めておきたいだけのような気がしてきた。

その気にさせて嫁にしてしまえば、王国は安泰だ。

ファルの母親代わりになれと条件を出したときから、彼は元の世界に帰す気などなかったのかもしれない。

ルシーガの言葉を信じ、三人で家族のように過ごす日々を楽しんでいた自分が馬鹿に思えてきた。

「ファル、帰るよ」

川辺にいるルシーガに背を向けた玲司は、地面でごろんごろんと転がっているファルを抱き上げる。

「はーぁ」

大きなため息をつき、ファルを抱っこしたまま王宮へと向かう。

「パパはきっと女の人のほうが好きだよね？」

機嫌よさげに喉を鳴らしているファルは、問いかけに答えるわけもなく玲司の頬をペロペロと舐める。

「確かルシーガに長く仕えてるって言ってたような……」

女性の存在が急に気になり始めた。

尖った耳とふっくらとした尾を持つ彼女は、若くてとても可愛らしい。

愛想もよく、訊けばなんでも教えてくれた。

気立てのいい彼女を長くそばに置いているのは、ルシーガが気に入っているからにほかならない。

これまでずっと、彼女に夜伽《よとぎ》の相手をさせていた可能性だってあるのだ。

「はぁ……」

考えれば考えるほどため息しか出てこない。

川辺にいたルシーガと女性のことが頭から離れないでいた。

「ファルが喋れたらいいのに……」

ルシーガのそばで過ごしているファルなら、なんでも知っているはずだ。

真実を知るのは怖いけれど、もしかしたらすべて否定してくれるかもしれない。

そうしたら、安心できる。

「あー、モヤモヤする……」

ほんの数分、目にしただけの出来事で、どうしてこんなにも苛《いら》つくのだろうか。

悶々としながら歩いていた玲司は、すぐ近くから聞こえる話し声にふと足を止めた。

複数の男女の声が入り交じっているようだ。

井戸端会議でもしているのだろうとやり過ごすつもりが、「レイとかいうあの人間」という言葉を耳にしてハッとする。

「僕のこと？」

自分が話題になっているのだから、聞かずにいられるわけがない。

気づかれないよう大木に身を隠し、彼らの話に聞き耳を立てる。

「人間をいつまでも生かしておくなんて、ルシーガさまもどういうおつもりなのかしら？」

「ファルさまがお喋りになるまでと聞いているぞ」

「いずれファルさまはお喋りになるのだから、人間などさっさと殺してしまえばいいのに」

次々に聞こえてくる恐ろしい言葉に、玲司は背筋が凍る。

「すぐに殺してしまうのは忍びないから、猶予期間を与えているんだろう」

「でも、ルシーガさまはお優しいから、そのまま生かしておくかも……」

「そんなことグルシャさまがお許しになるわけがない。ルシーガさまは頃合いを見計らって人間の始末をする」

聞くに堪えない言葉の数々に、身の毛がよだつ。

彼らに気づかれたら捕らえられてしまいそうだから、玲司は音を立てないよう忍び足でその場から遠ざかる。

「やっぱり嘘だったんだ……はじめから殺す気だった……」

まんまと騙《だま》されたと思ったら、怒りが込み上げてきた。

けれど、同時に悲しさも覚える。

あの楽しかった時間は、なんだったのだろうか。

すべてが嘘だったなんて悲しすぎる。

ルシーガの言葉を信じ、本気で悩んだ自分が間抜けに思えてならなかった。

「とにかく、ここから逃げなきゃ……」

ファルと言葉を交わしたかったけれど、いつ殺されるかもわからないのに留まっているわけにはいかない。

ファルを抱っこして王宮に戻った玲司は、そのまま寝室へと足を向ける。

「お昼寝しようね」

いつもの寝床にファルを下ろし、優しく背中を撫でた。

騙したのはルシーガであって、ファルにひとつも罪はない。

もっともっと一緒にいたかったけれど、ファルと触れあえるのもこれが最後だ。

「いい子だね。パパと仲良くするんだよ」

背を撫でながらファルが寝つくのを待ち、そっと寝室を抜け出す。

ルシーガと出会わないよう、彼らがいた川とは反対方向に足を進める。

王国に入れたのだから、必ず出ることができるはずだ。

「どのあたりだったっけ……」

意図せず王国にやってきてしまったのは、もうだいぶ前のこと。

それでも、あの日のことを必死に思い出す。

最初に耳と尻尾がある人間を目にした場所に行けば、なにか手がかりが見つかるような気がしてならない。

「あそこで目が覚めたんだから、絶対にあのあたりに出入り口がある……」

森の景色はどこも似たり寄ったりだが、赤い色が特徴的な大木がわずかながらも記憶に残っている。

「あの場所から王宮に連れてこられて……」

記憶を頼りに大木を必死に探す。

あのときは、それほど長い距離は歩かされていない。

「このあたり……あった……」

ひときわ目立つ幹が赤い大木を見つけ、嬉々として駆け寄る。

「ここのどこかに……」

場所は間違っていない。

いったいどこが元の世界と繋がっているのか。

「来られたんだから帰れないわけがない」

帰りたい一心でくまなく探すが、いっこうにそれらしき場所が見当たらない。

「そうか！　あのときは……」

ナラタワ島のジャングルを彷徨っているとき、足を取られて穴に落ちてしまい、気がついたらこちらの世界に来ていた。

穴に落ちてたどり着いたのだから、元の世界は上にあるのかもしれない。

どうしても幹が赤い大木が気になる。

禍々《まがまが》しいほどの赤い色には、なにか意味がありそうだ。

「よし」

意を決した玲司は、気合いを入れて大木をよじ登っていく。

ナラタワ島での野生動物の保護活動では、ジャングルの木に登るような状況に遭遇することも珍しくなかった。

現地の職員から木の登り方を教わっているから、そこそこ上手い。

とはいえ、これほどの大木に登るのは初めてのことで、そう簡単にはいかなかった。

「あと少し……」

頭上の太い枝に手が届けば、ひと休みできそうだ。

「せーの！」

思い切り伸ばした手が枝に触れた。

踏ん張れば枝を掴むことができる。

「あ――――っ――――」

せっかく掴んだ枝の皮がずるりと剥け、玲司は為《な》す術《すべ》もなく落下した。

地面にドンと叩きつけられ、反動で身体が転がる。

必死に木の根を掴み、どうにか体勢を立て直したところで足首に激痛が走った。

「痛っ」

咄嗟に手で押さえる。

痛みは強くなるばかりで、身動きが取れない。

泣きたい気分で天を仰いだら、あろうことか雨が降ってきた。

「なんだよもう……」

こんな状態でスコールに見舞われるなど、泣きっ面に蜂もいいところだ。

足首の激痛は治まらないし、勢いよく降る雨に打たれてずぶ濡れだ。

元の世界に帰れないばかりか、歩けなくなった玲司はやけになり、赤い大木の幹に拳を叩きつけた。

「うわっ……」

叩きつけたその拳がぐにゅっと幹に呑み込まれ、さらには身体ごと引っ張られる。

「うわっ、うわっ……」

なにが起きたのかさっぱりわからず、恐怖からただ叫び続けた。

「なっ……」

後ろから強い力で押され、ずるんとした感覚とともに身体が放り出される。

なんとも得体の知れない気味の悪い感覚だった。

「あれ？」

雨に打たれたはずなのに、身体も衣もまったく濡れていない。

それに目の前に広がる光景には見覚えがある。

「あのコテージ……元の世界の…」

のそのそと立ち上がった玲司は、痛む足を引きずりながら歩き出す。

「帰らないでくれ」

引き留める声が聞こえると同時に、背後からがしっと腕を掴まれる。

声の主は紛れもなくルシーガ。まさか追ってきたのだろうか。

「離せよ！」

「なにを怒っているんだ？」

「うるさい！　あんたを信じた僕が馬鹿だったんだ。もうかまわないでくれ」

王国に連れ戻されたら、確実に殺されてしまう。

ファルのことを思うと、未練がないと言えば嘘になる。

それでも、みすみす殺されに行くわけがなかった。

ルシーガの手を払いのけ、振り返ることなくコテージを目指す。

「っ……」

かなり足首が痛むけれど、どうにか歩けるところをみると、骨折はしていないようだ。

捻挫なら湿布を貼ってしばらくすれば治るだろう。

手すりを掴んでどうにか階段を上り、ドアを開けて使い慣れたコテージに入る。

「はぁ、はぁ……」

ベッドに腰掛けて安堵したのも束の間、ルシーガが姿を現した。

「勝手に入ってくるなよ」

「レイ、そなたは俺のものだ。絶対に手放しはしない」

大股で歩み寄ってきた彼に、力任せに押し倒される。

ベッドに上半身を押しつけられた玲司は、咄嗟に彼を蹴り上げた。

「痛――っ」

なにも考えず、痛めた足を使ってしまったのだ。

ただでさえ痛いのに、蹴った衝撃で転げ回りたいほどの痛みが走った。

「ううっ……」

「暴れたりするからだ。足を痛めているのだろう？　見せてみろ」

「うるさい！　殺すならさっさと殺せばいいだろう」

ルシーガの胸にあてた両手を突っ張り、顔も見たくないとそっぽを向く。

「レイ、なぜ俺がそなたを殺さなければならないのだ？」

「最初からそのつもりだったんだろ。条件だなんて上手いこと言って、必要がなくなったら殺すつもりでいたことくらいわかってる」

不思議そうに顔を覗き込んできた彼を、玲司は思い切り睨《ね》めつける。

「そなたを殺そうと思ったことなど一度もないぞ。ファルの命の恩人であるそなたを殺せるわけがない。ファルが喋るようになったら、本当に帰してやるつもりでいた」

「あんたの言うことは信じられない。嘘ばかりだ」

「嘘などついていない」

声高に言い放った玲司に、彼は間髪を容れず言い返してきた。

毅然とした強い口調とは裏腹に、見つめてくる瞳が熱い。

もしかしてといった思いが一瞬、脳裏を過ったけれど、何度も騙されてたまるかとすぐに思い直す。

「俺たちにとって人間は信用のならない生き物だった。だが、そなたと出会って心根の優しい人間がいることを知ったのだ」

静かに身体を起こしたルシーガがベッドに腰掛け、仰向けになっている玲司を柔らかな笑みを浮かべて見下ろしてくる。

「ファルの相手をしながら、よく笑い、よく喋るそなたにいつしか惹かれ、気がつけば目で追うようになっていた。ファルといるそなたは微笑ましく、時を過ごし言葉を交わすほどに心を奪われていったのだ」

先ほどとは打って変わり、彼の口調は自然に耳を傾けてしまうほど穏やかだった。

すべてが自分の勘違いだったのだろうか。

森で聞いた話を真に受けてはいけないのだろうか。

見つめてくる瞳は声と同じくらい穏やかで、嘘がないように感じられる。

「確かに、俺はそなたに出した条件を覆そうとした。だが、それはそなたを生涯の伴侶にしたいと思ったからに他ならない。俺は可愛いそなたを愛している。愛するそなたを殺せるわけがない」

初めて思いを吐露されたときよりも、心が大きく揺らいでいる。

こんなにも胸に熱く響く言葉に、嘘偽りなどあるはずがない。

彼は本気で愛してくれている。

「レイ……」

ルシーガにそっと抱き起こされた玲司は、困惑も露わに彼を見つめた。

「そなたのいない暮らしは考えられない。これからも、ずっと俺のそばにいてほしい。俺は誰よりもそなたを必要としている。もちろんファルもだ」

「俺とともに帰ってくれるか？」

彼らのそばにいたいという思いは、いまも残っている。

ずっと彼らと暮らせたらいいなと、何度となく思った。

生まれて初めて知った、特別な喜びだ。

感じているのは、愛されることの喜び。

ひしひしと伝わってくる彼の熱い思いに、身体の熱が高まっていく。

きつく抱き寄せた彼が、至近距離から見つめてくる。

「俺はそなたを絶対に裏切ったりしない。全身全霊でそなたを愛すると誓う」

「ルシーガ……僕は……」

でも、そう言ってしまうくらい必要とされているのだと思ったら、喜びが込み上げてきた。

思わず頬が緩んだ。

「大袈裟すぎます」

「そなたがいなければ、俺は生きていけない」

どうしてこんなにも胸が締め付けられるのだろう。

胸の奥がキュッと痛む。

「ルシーガ……」

自分だけを映す揺らぐことのない瞳を見つめ、玲司は黙ってうなずき返す。

「レイ……」

思いの丈を込めたような力強い抱擁に、玲司の細い背が反り返る。

「ああ、レイ……愛しいレイ……」

満面の笑みを浮かべた彼が、玲司の頬に手を添えて唇を重ねてきた。

「んっ……」

素直に唇を受け止め、そっと彼の背に両手を回す。

心が幸せで満ちている。

ルシーガと出会えたからこそ味わえた幸福感。

熱烈で荒々しいけれど、どこまでも心地よいキスに、いつしか玲司は溺れていた。

第九章

馴染みのある心地よさの中で目を覚ました玲司は、べったりと躯を寄せてスヤスヤと眠っているファルの背中をそっと撫でる。

挫《くじ》いた足首がジンジンと痛む。

目を向けてみると、かなり腫れ上がっていた。

「そうか、戻ってきたのか……」

横たわっている玲司が頭を預けているのは、トラの姿で寝ているルシーガの脇腹だ。

やっとの思いで元の世界に帰れたというのに、追いかけてきたルシーガの熱い告白に胸を打たれ、望むままに身体を重ねてしまった。

玲司が疲れ果てて眠りに落ちてしまったのをいいことに、彼は王国へと連れ帰ったのだ。

「ルシーガらしいや……」

一緒に王国へ戻ることには同意したけれど、まさかその日のうちに行動に移すとは考えてもいなかったから、せっかちで強引な彼に呆れてしまう。

でも、それほどまで彼に必要とされているのだと思うと、嬉しさが込み上げてくる。と同時に、ここで一生を終えていいのだろうかという迷いが生じた。

「ここでずっと……」

ルシーガたちと離れがたい思いがあるのは確かだ。

彼に愛されているし、彼を好ましく思っているのも確かだ。

ただ、人間が暮らす世界を離れ、ここで生きていく覚悟が自分にあるのだろうか。

これまで携わってきた仕事を放り出すことになる。

そもそも、急に姿を消してしまったから、上司や同僚たちが心配しているはず。

身内はひとりもいないから、どこで生きていこうが自由とはいえ、忽然《こつぜん》と姿を消した職員を仲間たちが探していると思うと心が痛む。

なによりも、何年も情熱を傾けてきたトラに関する研究が、このままでは中途半端に終わってしまうのが残念でならない。

「ルシーガ……」

玲司は寝そべったまま、迷いも露わに彼の寝顔を見つめる。

彼の思いに応えたい気持ちと、けじめをつけることなく王国で暮らしていっていいのだろうかという思いが、胸の内でない交ぜになった。

「ふぁー」

不意に頭をもたげて大あくびをしたルシーガと目が合い、玲司は笑みを浮かべることができずに頬を引きつらせる。

「機嫌が悪そうな顔をしているな？」

「べつにそんなことは……」

迷いが残っているとは言えずに誤魔化し、痛めた足を庇いつつ身体を起こしてファルを抱き上げた。

顔を近づけると玲司の鼻先を、目を覚ましたファルがペロリと舐める。

「おはよう」

ルシーガと顔を合わせるのが気まずい。

彼の気持ちを受け入れたのに、たったの一晩で覆したりしたら怒るに違いない。

「黙って連れてきたから怒っているのか？」

「そうではなくて……」

いつまでも黙っているわけにもいかないと振り返ったら、すでに人間の姿になっていたルシーガが心配そうに見つめてきた。

「もしかして、本当はまだ心が定まっていないのではないのか？」

容易く心を見透かされ、玲司は動揺する。

「正直に言ってくれ、迷っているのか？」

「ええ……」

「ならばじっくり考えるといい」

ルシーガがにこやかに笑う。

無理に怒りを抑えているようには、まったく感じられない。

もし、考えた末に、元の世界に戻りたいと言ったら、彼はどうするつもりなのだろう。

あれほど情熱的な告白をしたのに、あっさり諦められるのだろうか。

ルシーガに辛い思いをさせたくない。

ならば、潔く王国に残ればいいだけのこと。

自分はルシーガたちとの暮らしを望んでいるのだから、その気持ちに正直になればいい。

「すみません……ありがとうございます」

答えを出すことができず、ルシーガに頭を下げた。

優柔不断な自分が嫌になる。

「では、食事の前に散歩にでも……ああ、そうか」

いったん立ち上がったルシーガが、玲司の前に跪く。

「そなた、足を痛めていたのだったな」

腫れている足首に、彼がそっと触れてきた。

「打ち身に効く薬草を用意させよう」

「すみません……」

「そなたは詫びてばかりだな」

「すみま……」

玲司は言葉半ばで口をキュッと噤《つぐ》む。

「そこでおとなしくしていろ」

呆れたように笑って言い残したルシーガが、急ぎ足で寝室を出て行く。

「パパはいつも優しいね」

ファルを敷物に下ろしながら言い、足に負担がかからないよう寝そべる。

すかさずファルが玲司の腹に躯をすり寄せてきた。

ぐるぐると喉が鳴っている。

本当に成長が早い。

太くてしっかりとした四肢と分厚い肉球を持つ彼は、瞬く間に父親と肩を並べそうだ。

ヒョイと抱っこできるくらい小さかったころが懐かしい。

「ファルは僕にいてほしい？」

耳の後ろを掻いてやりながら訊くと、彼はまるで言葉を理解したかのようにぐいぐいと頭を押しつけてきた。

まだ言葉は話せないけれど、ずっと一緒に過ごしてきた自分が急にいなくなったらファルは寂しがるだろう。

本気で愛してくれているルシーガも同じはずだ。

「僕だって……」

ルシーガとファルがいない生活など、いまでは想像もつかない。

それでも心は揺れ動く。

野生動物の保護活動を辞め、研究を諦められたとしても、それですべてが解決するわけではない。

なにしろ、ルシーガは人の姿に変身できるトラなのだ。

自分とは異なる生き物である彼と、生涯を共にしていいものなのだろうか。

一国の王であるルシーガが、長年にわたって敵対してきた人間を伴侶とすることに、王国の住人は納得するのだろうか。

ただ好きだからといって一緒になれるわけではないから、悩みは尽きない。

「ファル……」

腹を撫でてやっているうちに眠ってしまったファルを見つめつつ、自分はどうすべきなのだろうかと玲司は必死に考えていた。

第十章

ルシーガに答えを出せないまま一週間が過ぎた。

足首の捻挫もすっかり治り、ファルと遊ぶ毎日だ。

ルシーガの態度はこれまでと変わりなく、答えを催促してくるでもない。

玲司は申し訳ない思いを抱きつつも、彼の優しさに甘えている。

彼らと賑やかで楽しい日々を過ごす中、ルシーガに対する思いは確実に強まっていた。

気がつけばことあるごとに彼を目で追っていて、自分に向けられる彼の言葉のひとつひとつに胸を熱くしている。

それを自分でもはっきりと感じているのに答えを出せないでいるのは、元の世界に対してまだ未練が残っているからかもしれない。

「ファル、どうしたらいいと思う？」

こんな質問されても困るだけだとわかっているが、二人きりになると日課のように訊ねていた。

〈クゥクゥ……〉

ファルが大きな丸い瞳で見返してくる。

早く話し相手になってもらいたいと、そんな思いが募った。

「あれ？」

なにやら外が騒がしい。

王宮はいつも静かだから、よけいに気になる。

「行ってみよう」

ファルの尻を軽く叩き、一緒に部屋を出て行く。

耳と尻尾を持つ人間の姿をした男性や女性が、あちらこちらで小さな輪を作り、なにやら不安げな顔で話をしている。

「どうかしたんですか？」

「グルシャさまのご容態が悪化したのです」

ルシーガの世話係から騒ぎの理由を聞いた玲司は、居ても立ってもいられなくなり、先王グルシャが暮らす離れに向かう。

以前、グルシャが体調を崩していることは聞かされていたが、ルシーガの話しぶりからさほどひどくないように感じていた。

王宮がざわつくほどなのだから、グルシャの容態が急変したに違いない。

「ルシーガ……」

玲司が急いで駆けつけると、敷物に人の姿のまま横たわるグルシャの傍らで、片膝を立てて座るルシーガが見守っていた。

痩せ細ったグルシャは、肩で荒い息をついている。

顔には生気がなく、かなり弱っているように見えた。

「ああ、来てくれたのか」

振り向いたルシーガが柔らかに微笑み、玲司を手招きする。

「失礼します」

一礼して歩み寄っていくと、パッと目を見開いたグルシャが、片肘をついて身体を起こす。

「父上、寝ていてください」

「寝てなどいられるか。ルシーガ、その人間を早く始末するのだ。そうしなければ王国が滅びてしまう」

ルシーガを一瞥《いちべつ》したグルシャが、眼光鋭く玲司を睨みつけてくる。

怯《ひる》んで息を呑むほど、グルシャの瞳には力強さがあった。

「父上、レイは俺たちが憎んできた人間とは違う。王国に災いをもたらさない人間もいることを父上は知るべきだ」

「人間はみな同じだ。我々にとって悪でしかない」

「レイは悪じゃない。心根の優しい、愛すべき存在だ。俺もファルもレイを必要としている」

耳を貸さない父親を説得するルシーガを、脇に立つ玲司は神妙な面持ちで見つめる。

グルシャはただ頑固な老人というわけではない。

王国を治める立場にあったからこそ、王でありながら人間を受け入れたルシーガが許せないのだ。

「このままでは死んでも死にきれん。おまえは父親を安らかに眠らせるつもりがないのか?」

グルシャの息がさらに荒くなる。

言い合いをしていたら、ますます容態が悪化しそうで、玲司は気が気でない。

「俺はレイを愛している。こんなにも愛したのはレイが初めてだ。レイのいない暮らしなど考えられない」

「黙れ……聞きたくないわ」

「いや、父上、俺の話を聞いてくれ。レイは紛れもなく人間だが、俺たちに危害を加えたりはしないし、レイによって王国が滅びることもない。あれほど弱々しかったファルが元気に育っているのはレイが世話をしてくれているからだ。そればかりか、レイは一度ならず二度までもファルの命を救ってくれた」

「ルシーガ、おまえは虫も殺さぬような顔をしたそやつに惑わされているのだ」

「そうではない。レイは純粋な心を持った人間だ」

言い争う父と子の声が、部屋に響き渡る。

（ルシーガ……）

玲司は胸の前で合わせた手をきつく握りしめる。

頑なに拒絶するグルシャを、必死に説得するルシーガの真実の愛に胸がジーンとした。

彼がいない生活など想像もしたくないほど、とうに失いがたい存在になっていたのに、いったいなにを迷っていたのだろうか。

「ルシーガ、おまえが……」

怒りから興奮したグルシャが、言葉半ばで激しく咳《せ》き込む。

「ゴホッ、ゴホッ……」

仰向けに倒れた彼が、痩せ細った手で胸を掻きむしり始めた。

「大丈夫ですか」

苦しがる姿を見かねて駆け寄った玲司は、膝をついてグルシャの頭を抱きかかえ、骨張った背中を懸命に摩《さす》る。

「ルシーガ、どうしてグルシャさんは人の姿で寝ているんですか？」

「姿を変えるだけの力がなくなっているんだ」

玲司の問いに答えてため息をついたルシーガが、力なく肩を落とす。

まるで父親の死を覚悟しているかのようだ。

だが、初めて出会ったときのグルシャは、瞬く間にトラへと姿を変えたばかりか力強い走りをみせた。

グルシャが短期間で急激に弱った原因を、玲司は介抱しながら必死に考える。

「最近の様子はどうだったんでしょう？　食欲がないとか、吐き戻すとか、変わったことはありませんでしたか？」

「昨日あたりから何度も吐いているので、食事の量が減っていると聞いている」

「それなら脱水症状を起こしている可能性がありますので危険です」

「なにか手はあるのか？」

「急いで椰子の実のジュースを用意してください」

「わかった」

玲司が頼むと、すぐにルシーガが立ち上がった。

誰かに命じて取りに行かせるでもなく、自ら父親のために素早く動く彼がいつになく好ましく映る。

「グルシャさん、大丈夫ですよ。慌てないでゆっくり息を吸ってください」

年齢的に肺炎が疑われるが、レントゲンや聴診器もないここではきちんとした診察などできない。

どうか肺炎であってほしくないと、いまは願うことしかできないのがもどかしい。

「レイ、持ってきたぞ」

「ありがとうございます」

ルシーガから受け取ったボウルを、玲司はすかさずグルシャの口にあてがう。

「椰子の実のジュースです。飲めば楽になりますから、少しずつ飲んでください」

ボウルに片手を添えたグルシャが、ジュースを啜《すす》り飲む。

本来であれば、脱水症状を起こしている動物には皮下輸液で水分を補給する。

胃に水分を入れるとまた吐いてしまう可能性もあるが、天然の点滴とも言われている常温の椰子の実のジュースであれば胃に負担はかからないだろう。

グルシャはきっとよくなる。

いまはそう信じるしかない。

ルシーガとファル、それにグルシャの世話係たちが見守る中、時間をかけて椰子の実のジュースを飲ませていく。

「これくらいにして少し休みましょう」

ボウルをルシーガに渡した玲司は、グルシャの身体をそっと敷物に横たえた。

幾重にも畳んだ布を枕にしている彼を、しばし見つめる。

苦しそうな咳《せき》は治まり、呼吸も整い始めたようだ。

（お医者さんみたいな人がいるわけじゃないのか……）

玲司が足首を捻挫したときに、ルシーガが打ち身用の薬草を用意してくれた。

すり潰した薬草を患部に塗り、布で巻いておくだけの簡単な治療でも、湿布薬と同じ効果を得られた。

だから、多少なりとも医療に関する知識があると思っていたのだが、ファルが熱を出したときも、グルシャの容態が悪化したときも、彼らは手を拱《こまね》いているだけだった。

本来、野生の動物である彼らは、体調を崩したときは自然に任せてきたのかもしれない。

容態が悪化して命を落としたとしても、運命なのだからしかたないと諦めてきたならば残念だ。

祖先が築き上げた王国を統べるルシーガにしても、為す術もなく仲間たちが命を落としていくのを見るのは辛いだろう。

王国には医療機器も薬品もないけれど、自分の知識が役に立つのではないだろうかと、玲司はふと思った。

「しばらく安静にしていたほうがいいと思います」

ルシーガに伝えて立ち上がろうとした玲司の手を、グルシャが掴んでくる。

「待て……おまえはなぜここに留まっているのだ？　真の目的はなんなのだ？」

「僕は……」

敷物に座り直した玲司は、真摯な瞳をグルシャに向けた。

王国に留まる理由も目的もただひとつ。

もう迷いはなかった。

「愛するルシーガとファルの家族となり、ここで暮らすためです」

「人間の世界に戻るつもりはないと？」

「はい」

きっぱりとした声で返事をした玲司を、グルシャが見つめてくる。

「嘘偽りのない真実の愛だというのか？」

「そうです。ここに留まる理由は他にありません」

「そうか……」

玲司の気持ちが通じたのか、グルシャの表情が和らぐ。

「こんなにも清らかな心を持つ人間がいたとは……おまえの言葉を信じよう」

「ありがとうございます」

「私こそ苦しみから救ってもらった礼を言わねばならない。人間に救われる日がくるとは思いもしなかった……心から感謝している」

苦々しく笑ったグルシャと顔を見合わせ、玲司は安堵の笑みを浮かべる。

頑固な彼を説き伏せるのは、息子のルシーガであっても無理だと思われたが、互いに打ち解けることができたのだ。

何歩も前進したようで、これほど嬉しいことはない。

「おまえたちの幸せを願っている」

優しく微笑んだグルシャが静かに目を閉じる。

容態が落ち着いて眠った彼を世話係に任せ、ファルを抱っこしたルシーガとともに玲司は寝室を出る。

「レイ、ようやく心が決まったのだな？」

「はい。もう迷いはありません」

足を止めて見つめ合う。

ルシーガに告白されてから、いったいどれほどの時が流れただろうか。

待たせてしまって申し訳ない。

でも、彼に対する愛を確信できたいまは、悩み抜いてよかったと思える。

「レイ、そなたを愛している」

ファルを抱っこしたまま、ルシーガが額に口づけてきた。

愛の言葉もキスも、素直に嬉しいと感じる。

「僕も……」

本人を前に「愛している」と言うのが恥ずかしく、照れ笑いを浮かべた玲司は背伸びをしてルシーガの頬に口づけた。

頬とはいえ自分から彼にキスをしたことに驚いたけれど、不思議なくらい自然に身体が動いたのだ。

きっと、もうすっかり彼に心を奪われていたのだろう。

どうしてもっと早く自分の気持ちに気づかなかったのだろう。

ルシーガと見つめ合い、触れ合うだけで喜びが満ちてくる。

彼が愛しくてたまらない。

「さて、少し散歩でもして戻るか」

「はい」

ルシーガの提案に二つ返事をした玲司は、地面に下ろされたとたんに駆け出したファルを見つめつつ、いつになく軽い足取りで歩き始めていた。

第十一章

玲司の適切な処置により、数日を経てグルシャの体調は回復し、王国にはこれまでの穏やかな日常が流れていた。

ルシーガたちと夜の食事を終えた玲司は、まだまだ遊びたい盛りのファルをかまっている。

「ファル、こっちだよー」

敷物に座っている玲司は、背中に回した手で猫じゃらしもどきを盛大に振り回す。

遠くで前傾姿勢を取り、狙いを定めて尻を振っているファルが、勢いよく突進してくる。

猫じゃらしもどき以外にも、いろいろな遊び道具を作ってみたのだが、ファルはすぐに飽きてしまってお蔵入りとなった。

やはり個体の大小に関係なく、ネコ科の動物には猫じゃらしが一番のおもちゃのようだ。

「うわーっ」

向かってきたファルが、玲司の肩を踏み台にして猫じゃらしもどきに飛びかかった。

後ろ脚で肩を蹴り飛ばされ、バランスを崩した玲司は前のめりに倒れる。

「レイ、大丈夫か？」

「もう……ファルはやんちゃすぎだよ」

元気に遊ぶ息子を微笑ましげに眺めていたルシーガに笑われ、思わず頬を膨らませた玲司はファルに文句を言った。

「大きくなったから、抱っこするのだって大変なんだからね」

おもちゃにじゃれついているファルは、まったく耳を貸さない。

日に日に体重が増えているのに、出会ったころと変わらない無邪気さで遊ぶのだ。

そのうち押し潰されてしまいそうだが、虚弱だったファルが逞しく育っていくのは喜ぶべきことであり、本気で怒ることなどできるわけがなかった。

「レイさま、いらっしゃいますか？」

グルシャの世話係が、部屋を訪ねてきた。

尖った耳と細長い尻尾を持つ若い男性で、仰々しいほど大きな木製のトレイを携えている。

「なんだ？」

玲司の近くで元気に遊ぶファルを眺めていたルシーガが、敷物に座ったまま世話係を振り返る。

「グルシャさまより贈り物でございます」

「レイに？」

「さようで」

世話係が恭しくうなずき、ルシーガから目配せされた玲司は一緒に立ち上がった。

「グルシャさまは散歩ができるようになり、大変、喜んでおられます。回復したのはひとえにレイさまのおかげであり、こちらをお納めいただきたいとのこと」

世話係が布を被せたトレイを差し出してくる。

「父上からレイに……」

訝しげに眉根を寄せたルシーガが、布を摘《つま》んで取り上げた。

「これは……」

ハッと目を瞠った彼を、玲司はどうしたのだろうかと見つめる。

布に覆われていたのは、緑色の太い腕輪だった。

色からして翡翠《ひすい》だろうか。

大きな原石から丁寧にくり抜き、艶やかな腕輪に仕上げたようだ。

「父上がこれを？」

「はい」

世話係が玲司に向けてトレイを掲げる。

ルシーガの驚き具合から、かなり貴重なものだろうと想像がつく。

本当に受け取っていいものだろうかと迷っていると、腕輪を取り上げたルシーガが玲司の手首にはめてくれた。

「これは生前、母がしていたもので、父は形見としてずっと部屋に飾っていた」

「そんなたいせつな腕輪をどうして僕に？」

細い手首を飾る腕輪を、玲司は信じがたい思いで見つめる。

「形見を委ねてもよいと思うほど、そなたを信頼しているということだ」

「嬉しい……」

自然に涙が溢れてきた。

グルシャが幸せを願ってくれただけでも嬉しかったのに、信頼されていると思うと喜びは倍増する。

「あとで礼に行くと伝えてくれ」

「御意」

丁寧に頭を下げた世話係が、静かに部屋を出て行く。

「よく似合っているな」

「ずっとはめていていいんでしょうか？」

「ああ」

「大事にします」

涙に濡れた顔が自然に綻ぶ。

胸が喜びで溢れ返っていた。

「なっ……」

美しい腕輪に見とれていた玲司は、急に抱き上げてきたルシーガを驚きに目を丸くして見返す。

「ファルも寝てしまったことだし、今日は我々も少し早寝をしよう」

「もう……」

すぐに意図を察して呆れ気味に笑ったけれど、すでに心が決まっている玲司は抗うことなく彼の首に両手を絡める。

遊び疲れて寝てしまったファルは、しばらく目を覚まさないだろう。

これからはルシーガと二人だけの時間だ。

寝室を目指す精悍な横顔、毛に覆われた耳、背中で揺れる長い尻尾。

それらのすべてを愛おしく思う。

「そなた、素直になったたな?」

寝室の敷物に横たえられた玲司は、柔らかに笑っているルシーガを見て微笑む。

「ルシーガが好きだからですよ」

当然のことを言っただけなのに、彼はこの上なく嬉しそうに目を細める。

その表情につられ、玲司も満面の笑みを浮かべた。

心の底から誰かを好きになると、こんなにも喜びを感じるようになるのかと驚く。

ちょっとした仕草や短い言葉にすら心が躍るのだから、本当に不思議でならない。

「そなたは可愛い」

身体を重ねて抱きしめてきた彼が、すぐに唇を貪ってきた。

「んっ……」

ルシーガと交わす甘いキスに、あっという間に溺れていく。

力強い腕も、合わさる胸から伝わる鼓動も、厚い唇も、なにもかもが心地いい。

「んーんっ」

搦め捕られた舌をきつく吸われ、胸の奥深いところが鈍く疼く。

それと同時に身体の熱が高まり、己が浅ましくも頭をもたげ始めた。

「ふ……あっ」

薄い衣の上から小さな突起を摘まれ、甘ったるい鼻声をもらして身を捩る。

自分でも信じられないくらい敏感な乳首を、ルシーガがこねくり回してきた。

きつく摘み、押し潰したかと思うと、爪の先で弾いてくる。

執拗な愛撫に乳首がせつなく痺れ、次第にキスが疎《おろそ》かになっていく。

「はふ……っ」

顔を背けて唇から逃れ、大きく息を吐き出す。

痛いほどに感じてしまっているのに、彼がさらに乳首を責め立ててきた。

「やっ……」

「ここは嫌なのか？」

玲司に手を押さえられた彼が、硬く凝《しこ》った乳首を弄《いじ》くり回す。

小さな突起で弾けた痛みとも快感ともつかない強烈な感覚に、ただ窄めた肩を震わせる。

「なるほど、嫌ではないようだ」

楽しそうに小さく笑った彼が、今度は乳首に爪を立ててきた。

全身が甘く痺れていく。

乳首でこんなにも感じてしまうのが信じられない。

でも、ルシーガに触れられると、どこもかしこも性感帯に変わってしまうのだ。

「は……っ」

乳首を弄りながら衣の裾を捲り上げてきた彼が、とっくに硬く張り詰めてしまっていた己を掌で包み込んでくる。

「ぁ……あぁぁ……」

彼の手を感じただけで、己がグッと力を漲《みなぎ》らせた。

それればかりか、より強い刺激を求めるかのように疼き出す。

裏筋やくびれを指先ですーっとなぞられ、濡れた鈴口に指を押し込まれ、強烈な快感に腰を淫らに揺り動かした。

彼の手にかかるといつも呆気なく果ててしまうから、今日こそはと頑張って堪える。

でも、ルシーガの手慣れた愛撫に勝てるわけがない。

灼熱の塊と化した己の疼きが激しくなり、早くも射精感に苛《さいな》まれ始める。

「ルシーガ……ルシーガ……」

吐精を望む玲司は、無意識に腰を揺らしながら彼の背を掻きむしった。

「少しは辛抱することを覚えたらどうだ？」

呆れ気味につぶやいた彼が、吐精間近の己から手を遠ざける。

「あんっ」

あと少しで達することができたのに、己を放り出されてしまった玲司は腰を突き出して彼の手に追い縋った。

なんて意地悪なんだろう。

早く出したい。

熱く疼く己を持て余し、無闇矢鱈と腰を揺り動かした。

「心配しなくても大丈夫だ」

「あふ……ん」

耳元で優しく囁いてきた彼に再び己を握られて安堵したが、驚くほどの熱と脈動を感じて意識がそこに向かう。

（これは……）

己に触れているのは、彼の手だけではなかった。

ただならない熱と脈動を放っているのは、彼の怒張に他ならない。

互いのものをひとまとめに握っているのだと気づき、玲司は驚きに目を瞠る。

「ルシーガ……」

「そなたにいつもと異なる悦《よろこ》びを教えてやろう」

互いのものを握ったまま彼が体勢を変え、寝そべったまま向き合う格好となった。

「そなたも俺のを握ってくれないか」

熱っぽい眼差しを向けてくる彼に促され、玲司はそろそろと二人のあいだに手を差し入れ怒張に触れる。

「ああ、いい気持ちだ」

ルシーガの吐息が頬をかすめ、うっとりした顔を目にしたら、わけもなく昂揚《こうよう》してきた。

己と掌に伝わってくる彼の熱と脈動。

双方に煽《あお》られたかのように己も硬度を増し、苦しいくらいに張り詰める。

「初めての共同作業だ」

耳たぶを甘噛みしてきたルシーガが、二つの怒張を握る手を動かし始めた。

初体験のことに手つきはおぼつかないものの、玲司はともに達するために彼の手に動きを合わせる。

「そなたのここは、ヌルヌルだな」

「ルシーガだって……」

言い返そうとしたけれど、しとどに濡れた先端を撫で回され、あられもなく身悶えた。

「ひっ……は……ぁあ……」

ドクドクと脈打つ己から、止めどなく蜜が溢れてくる。

蜜に濡れた二本の楔がより密着し、どんどん感度がよくなっていった。

「あっ、あふ……んんっ」

濡れて滑らかになった手の動きに、いったんは収まった射精感が舞い戻ってくる。

先ほどよりも強烈で、玲司は吐精することしか考えられなくなった。

下腹の奥から、熱の塊が迫り上がってくる。

早く射精したくて、勝手に腰が前後に揺れた。

「もっ……出る……」

限界に到達した玲司は、空いている手でルシーガの首を掻き抱き、怒濤のごとく押し寄せてきた奔流に身を任せる。

「はうっ」

手早く扱かれ、ついに昇り詰めた。

勢いよく噴き出した精が互いの指を濡らす。

けれど、ルシーガの手は止まらなかった。

吐精を終えた己をきつく扱かれ、苦しいのか気持ちいいのかわからなくなる。

「や……ああっ……もっ、ダメ……」

「少しの辛抱だ」

宥めてくる彼の声はわずかに上擦っていた。

彼はともに達するつもりでいたのだろう。

それなのに、自分だけが吐精してしまったのだと玲司はようやく気づく。

「ルシーガ……」

詫びの言葉が続かない。

あまりにも強烈すぎる刺激に、目の端に涙が滲む。

味わっているのは紛れもない快感なのに、彼の手から逃れたいほどに苦しい。

このまま続けられたらおかしくなってしまいそうだけれど、ルシーガのことを思う玲司は彼の背で揺れる長い尻尾を掴んで必死に堪えた。

「レイ……レイ……」

またしても声を上擦らせた彼の息が、どんどん荒くなっていく。

ともに達せなかったのは自分のせいだから、どんな苦しみも我慢する。

早くルシーガにも気持ちよくなってほしい。

「レ……イ……っ」

グイッと腰を押しつけてきた彼の手が止まり、玲司は腹に熱い迸《ほとばし》りを感じた。

「はぁ、はぁ……」

荒い息を繰り返しながら、ルシーガがギュッと抱きしめてくる。

やっと苦しみから解放された玲司は、肩で息をつく彼を両手で尻尾ごと抱きしめ返す。

「ルシーガ、ごめんなさい……僕、堪え性がないから……」

「堪え性のない初々しいそなたが俺は愛しくてたまらない」

「でも……」

「そのうちともに達せるようになるのだから、しばらくはそのままでいい」

「はい」

ルシーガがそう言うのであれば、無理することはないのだろうと感じた。

「いい子だ」

抱きしめる腕の中でゆさゆさと揺れる長い尻尾をそっと掴み、手触りのよい毛並みを堪能する。

彼と抱き合いながら尻尾に触れていると、大きな安堵感を覚えて夢見心地の気分になった。

「ルシーガ、あなたが好き……」

力強くも優しい瞳を、玲司は真っ直ぐに見つめる。

「レイ……そなたと出会えてよかった」

頬を緩めた彼に、頭を起こして自ら キスをした。

いまは幸せしか感じていないけれど、王国での暮らしがこの先も順風満帆とはかぎらない。

人間は玲司ただひとりなのだから、挫けてしまいそうになることだってあるだろう。

それでも、どんなに険しい山や谷があったとしても、ルシーガとなら乗り越えられる気がした。

なぜなら、互いに揺るぎない愛で結ばれていると確信しているからだ。

「大好き」

ひとしきりルシーガを見つめて再び唇を塞いだ玲司は、ふさふさの尻尾を弄びながら幸せに浸っていた。

「パーパ、パーパ……」

キスに夢中になっていた玲司とルシーガは、ふと耳元で聞こえた声にパッと目を開け顔を見合わせる。

解せない顔をしている二人のあいだに、ファルがずかずかと割り込んできた。

「パパって言いましたよね？」

「ああ、そう聞こえたが……」

まさかと思いつつ、ルシーガと一緒にファルを見つめる。

隣の部屋で寝ていた彼は目が覚めたときにひとりきりで寂しくなったのか、しきりに躯をすり寄せてきた。

「ファル、ひとりにしてすまなかった」

身体を起こしたルシーガが、甘えてくるファルを抱っこする。

「パーパ、パーパ」

「ファル、そうだパパだぞ」

初めて喋ったファルを、ルシーガがきつく抱きしめた。

「よかったぁ……」

ファルの頭を撫でようと伸ばした玲司の手が震える。

第一声が「パパ」だなんて感動ものだ。

「俺がパパで、レイはママだぞ。わかるか？」

ファルに頬ずりしたルシーガが玲司を指さす。

ママなんて照れくさいけれど、ファルに呼ばれたら感激のあまり泣き出してしまいそうだ。

「マーマ、マーマ……」

ルシーガの腕からすり抜けたファルが、玲司に体当たりしてくる。

「なんて言ったの？　ファル、もう一回、言って」

「マーマ」

「聞きました？　ママって言いましたよね？　パパもママも言えるなんてすごーい」

玲司は嬉しさのあまり、抱き上げたファルの頭をくしゃくしゃと撫でた。

「ファル、ママと遊ぶ？」

抱っこしたファルの大きな瞳を覗き込む。

「ファル、パパと遊ぶか？」

身体を寄せてきたルシーガが、負けじとファルに顔を近づける。

ファルの瞳が玲司とルシーガのあいだで行ったり来たりした。

迷っている様子がなんとも可愛らしい。

父親を選ぶのはわかりきっていることだから、玲司はさして期待もせずにファルが口を開くのを待った。

「マーマ、あしょぶ」

予想外の答えに一瞬、顔が強ばったけれど、すぐにだらんと緩んでしまう。

「ファル、パパと遊ばないのか？」

「パーパ、あしょぶ」

「そうだろう、そうだろう。パパが一番だよな」

ルシーガが勝ち誇ったように笑った。

（あれ？　でも先にママって……）

大人げないと思いつつも、嬉しそうな彼の笑顔を黙って見つめる。

そもそも、ファルが喋る日を二人で待ち焦がれてきたのだから、順番など関係ないのだ。

「あしょぶ」

玲司の腕から飛び出したファルが、トコトコと隣室に向かう。

急にどうしたのだろうかとルシーガと顔を見合わせた。

「おしっこですかね？」

ファルは夜間であっても、ひとりで用を足すことができるようになっている。

急にもよおして外に出たのかもしれない。

「ファルも喋るようになったから、間もなく人の姿になれるだろう。ますます楽しみだ」

「そうなんですか？」

「ああ、だいたい言葉を覚えると同時に、姿を変えることができるようになるんだ」

「へぇ……」

玲司は興味津々だ。

ファルはどんな男の子になるのだろうか。

さぞかし可愛いに違いない。

想像するだけで楽しかった。

「ファル、お帰り」

再び寝室に現れたファルが、咥えているなにかを引きずりながら近づいてくる。

「あれはそなたが作ったおもちゃではないか？」

「ホントだ」

ファルが咥えているのは、玲司が作った猫じゃらしもどきだった。

あれで遊びたいということなのだろう。

わざわざ隣室まで取りにいくなんて、本当にファルは可愛い。

「さあ、遊んでやるからパパのところにおいで」

ルシーガが両手を広げてファルを誘う。

彼はしばらくのあいだ、玲司などそっちのけでファルをかまいそうだ。

でも、そんなことはまったく気にならない。

ルシーガにとってひとり息子のファルは、唯一無二の存在なのだから。

「マーマ」

玲司の前まで猫じゃらしもどきを運んできたファルが、くりっとした大きな瞳で見上げてくる。

それを目にしたルシーガが、少し拗《す》ねたようにむすっとした。

(あんな顔を初めて見た……)

玲司は声に出さず、大人げない顔をしている彼を胸の内で笑う。

彼らしくない表情を見たら、ちょっと悪戯心が湧いてきた。

「パパよりママのほうがいいよね～」

猫じゃらしもどきを手に取り、先端に結んだ織物の切れ端が揺れるように軽く動かす。

ファルがすぐさま飛びかかる。

前脚でバンバンと織物の切れ端を押さえる仕草が可愛く、つい夢中になってしまう。

「ファル、パパよりママが好きなのか?」

ルシーガの不機嫌そうな声に、玲司は思わず手を止める。

相変わらずむすっとした顔をしているけれど、本気で怒らせてしまっただろうか。

ちょっと心配になってきた。

「ファル」

「パーパ」

まだ遊びたそうにしていたファルが、呼びかけたルシーガにタタタッと駆け寄っていく。

「パパ、しゅき」

「パパが好きなのか?」

「しゅき」

ファルを見つめるルシーガの目尻が下がる。

「ママ、しゅき……パパ、しゅき……」

ファルがまるで空気を読んだかのように、ルシーガと玲司を交互に見やった。

「そうか、そうか、パパもママも好きなんだな」

ルシーガの目尻は下がりっぱなしだ。

この場を丸く収めたファルは、なんて賢いのだろう。

これからどんな言葉を覚え、どんなふうに接してくるのか、いまから楽しみでならない。

「ファルが人の姿になれるようになったら結婚式を挙げないか?」

「えっ?」

ファルをかまっているルシーガから驚きの提案をされ、玲司は思わず目を瞠る。

「父の許しも得られたことだし、きちんとけじめをつけてそなたと真の家族になりたいのだ」

「ルシーガ……」

嬉しすぎて言葉にならない。

結婚式を挙げるのは少し恥ずかしいけれど、「真の家族」になりたいという彼の気持ちが胸に強く響いた。

ただ、不安がないわけではない。

王国にはいまだ人間の存在を恐れるものや忌み嫌うものがいて、ルシーガと玲司の結婚に異論を唱える可能性がある。

できることならば、ルシーガの伴侶として誰からも喜ばれる存在でありたい。

みなを納得させることができるのかどうか、玲司はそれが心配だった。

「嫌か？」

瞳を翳らせた彼に、すぐさま首を横に振ってみせる。

「とんでもない、嬉しいです。でも……」

「なんだ？」

「人間との結婚に反対の声があがるのではないかと……」

「そなたが心配することはない。すべて俺に任せておけばいい」

ルシーガの力強い言葉に、玲司は少し不安が薄らぐ。

この問題ばかりは、自分では解決しようがない。

彼の言葉を信じようと心に決める。

「はい」

玲司がにこやかにうなずくと、ルシーガが安堵したように柔らかく笑う。

「ファル、たくさん言葉を覚えて、早く姿を変えられるようになるんだぞ」

「パーパ、あしょぶ」

「ああ、わかったわかった」

ファルの頭を優しく撫でたルシーガが、手を伸ばして猫じゃらしもどきを取り上げる。

遊びたくてしかたないファルは、揺れる織物の切れ端に目が釘付けだ。

このあとしばらくは、やんちゃな彼の相手をすることになるだろう。

柔和な表情を浮かべてファルと遊ぶルシーガ見つめながら、玲司はいつか訪れる結婚式の日に思いを馳せていた。

第十二章

初めて言葉を発してから半月ほどで、ファルは人間に姿を変えられるようになった。人間の年齢でいくと二歳か三歳くらいだろうか。

予想どおり、とてつもなく可愛い男の子だ。

髪はまだふわふわで、ぴょこんと飛び出ている耳は小さく、尻尾も細長い。

膝丈の白い衣から出ている腕や脚は華奢《きゃしゃ》だったが、健康的な小麦色の肌をしていた。

「マーマ、しょれなーに?」

日に日に言葉を覚えていくファルが、瞳を輝かせて玲司の頭を指さす。

「これは花冠だよ」

「はなかんみゅり?」

彼がきょとんと小首を傾げる。

愛らしい表情に自然と頬が緩んだ玲司は、彼の前に跪いて目の高さを合わせた。

「これはね、森に咲いているお花で作ってあるんだ」

玲司は頭に載せていた花冠を外し、笑顔でファルに差し出す。

これからルシーガとの結婚を祝う宴が開かれる。

人間との結婚に反対するものたちを、ルシーガが時間をかけて説得してくれたのだ。

ようやくこの日を迎えることができたのは、彼が頑張ってくれたからに他ならない。

生涯の伴侶になる決心を固めた玲司は、彼の許しを得て元の世界と繋がる大木を燃やした。

覚悟を決めた以上は完全に人間との接触を断ち切りたい思いがあり、その気持ちに理解を示してくれたルシーガと二人で大木の根に火を着けたのだった。

「きれーだねー」

ファルが物珍しがって花冠に悪戯しないか少し心配したけれど、それは杞憂に終わった。

ルシーガは「結婚式」と言ったが、実際には王国で結婚式が執り行われることはなく、夫婦となった二人を祝う宴が催される。

祝いの宴では花嫁が花冠を被る習慣があり、ルシーガの世話係たちが玲司のために森に咲く花々を集めて作ってくれたのだ。

男なのに花嫁と呼ばれるのは気恥ずかしいけれど、みなから祝ってもらえるのはやはり嬉しかった。

「マーマのあたまにのせてあげりゅー」

ひとしきり見つめていたファルが、小さな両手を花冠に伸ばしてくる。

「ありがとう」

花冠をファルに渡し、頭を軽く下げた。

彼が花冠をそっと頭に載せてくれる。

「マーマ、きれー」

花冠を載せてもらった玲司が頭を起こすと、ファルが満面の笑みで両手をパチパチと打ち鳴らした。

彼にはまだ結婚や宴の意味は理解できていないはず。

それでも、美しい花冠を被った姿を見て喜んでくれるのが嬉しくてたまらない。

「レイ、準備はできたか？」

ファルと顔を見合わせて笑っているところに、ルシーガが姿を現す。

彼は特に着飾っているわけではないけれど、なぜかいつもより華やかに感じられるから不思議だ。

「パーパ」

ファルが駆け寄っていくと、すかさずルシーガが抱き上げる。

なんとも微笑ましい光景は、何度、見ても心が温かくなった。

「マーマ、きれーねー」

「そうだな。おまえのママは世界で一番、綺麗だ」

臆面もなく言ってのけたルシーガが、ファルを抱っこしたまま歩み寄ってくる。

「みなが待っているぞ」

腰に手を回してきたルシーガに促され、玲司は並んで部屋を出た。

宴が開かれるのは王宮の外にある広場で、王国の誰もが参加できる。

三人で広場に姿を見せると、自然と拍手が沸き起こった。

一気に注目を浴びて恥ずかしくなった玲司は、少し俯いて歩みを進める。

主賓のために設けられた舞台までは、大きな広場を突っ切っていく必要があった。

ことさらゆっくりと歩むルシーガに歩調を合わせているものの、周りから向けられる視線に羞恥を煽られている玲司は駆け出したい気分だった。

「ルシーガさまも物好きなお方だ」

「人間を娶るなど正気の沙汰とは思えない」

どこからともなく聞こえてきた批難《ひなん》の声にドキッとし、歩みが止まりそうになる。

ルシーガが説得して回ったのは王族や重鎮たちであり、王国で暮らすすべてのものが人間との婚姻を祝ってくれているわけではないのだと、いまさらながらに思い知る。

「気にせずそのまま歩くのだ」

ルシーガも民衆の声を耳にしたのか、顔を寄せて囁いてきた。

気にせずにはいられない。

けれど、王国でルシーガと生きていく覚悟を決めたのだから引き返せない。

小さくうなずいた玲司は前を向いて足を進める。

三人がようやく舞台に上がると、さらなる拍手が沸き起こった。

玲司は伏し目がちに壇上から広場を眺める。

大多数が手を打ち鳴らしているけれど、広間に集まった全員ではないと知ってしまったから胸が痛む。

「ファルを頼む」

ルシーガの声にハッと我に返った玲司は、舞台に下ろされたファルの手を握る。

相変わらず広場は盛大な拍手に包まれていたが、前に出たルシーガが片手を上げるや否や静まりかえった。

「婚礼の宴によく集まってくれた」

張りのある声を響かせたルシーガが、ことさら大仰に広場を見渡す。

ただそれだけで、広場にいるすべてのものたちが一心にルシーガを見つめる。

「みなに紹介しよう、俺の生涯の伴侶となったレイだ」

振り返ってきた彼に視線で促され、玲司は手を繋いでいるファルと一緒に前に出た。

「人間の王妃など認めないぞー」

「火あぶりにすべき人間を娶るなど、ルシーガさまは気が触れたとしか思えない」

「人間が我々になにをしてきたか忘れたのですか」

婚姻に反対する声があちらこちらから聞こえ、広場がざわめき出す。

祝うつもりで来ていても、反対の声を聞いて考えを変えるものがいるかもしれない。

晴れの舞台に立っているのに、玲司は恐怖を感じ始めた。

「人間を恐れるそなたたちの気持ちはよくわかる。だが、心根が優しく、慈愛に満ち、知識に溢れたレイは、俺たちの敵ではない」

「ルシーガさまは人間に騙されているのです」

「騙されてなどいない」

すぐさま反論したルシーガが、さらに前に出る。

「愛するレイは我が子ファルばかりか、先の王グルシャの命も救ってくれた」

言い放った彼が、改めて広場を見渡す。

「命が危ぶまれていたグルシャさまを、あの人間が救ったというのか？」

「そういえば、つい先日、元気なグルシャさまの姿をお見かけしたわ」

「病弱なファルさまも元気なご様子……」

「賢明なルシーガさまが惑わされるはずがない」

「そうよ、ルシーガさまが選ばれたのだから、みなでお祝いしましょう」

「そうだ、そうだ」

婚姻を反対する声がなりを潜め、再びどこからともなく拍手が湧いてくる。

ルシーガの思いが通じたようだ。

「俺とレイの婚姻を祝ってくれるか？」

ルシーガの問いかけに、広場全体が盛大な拍手に包まれた。

「おめでとうございまーす」

「お幸せにー」

耳に届いてくる祝いの言葉に、玲司は目頭が熱くなる。

愛するルシーガ、そして可愛いファルと、これからも楽しく暮らしていければいいと思っていた。

けれど、ルシーガとの婚姻を喜んでくれる民衆の声を聞き、初めて王国に受け入れられた人

間として、王国のために尽くしたいという気持ちが湧いてきた。

「さあ、今宵は無礼講だ。存分に宴を楽しんでくれ」

広場に声を響かせたルシーガがパンパンと手を打ち鳴らすと、笛や太鼓を手にした楽士と、艶やかな衣に身を包んだ踊り子が舞台に上がってきた。

広場に目を向ければ、そこかしこに車座ができていて、早くも酒盛りが始まっている。

音楽と踊りを楽しみながら酒を飲む賑やかな様子を、玲司は涙に濡れた瞳で眺めた。

ルシーガとの婚姻を許された安堵と嬉しさで、胸がいっぱいになっている。

「レイ、みなの声を聞いたか？」

熱い眼差しを向けてくるルシーガを、満面の笑みで見上げた。

涙する玲司は唇が震えていて言葉が出てこない。

けれど、嬉しさは彼に伝わったはずだ。

「さて、そろそろ部屋に戻るか」

ファルを抱き上げたルシーガが、玲司の肩を抱き寄せる。

主賓が早々と退場してしまっていいのだろうか。

そんな思いが脳裏を過ったけれど、彼に促された玲司は黙って従う。

「マーマ、どーちてないてるのー」

ルシーガに抱かれているファルが、玲司の顔をじっと見てきた。

「ママは嬉しくて泣いているんだ。そうだろう、レイ？」

「ええ……」

玲司はそう言うのがやっとだった。

これほどの喜びを感じたのは、生まれて初めてのこと。

ルシーガたちと広場をあとにする玲司は、溢れる涙を堪えることなく幸せに浸っていた。

＊＊＊＊

「さあ、もう寝る時間だぞ」

広場から王宮へと戻った玲司は、ルシーガと二人がかりでファルを寝かしつけようとしている。

けれど、初めて人間の姿での宴を経験したせいか、ファルはトラの姿に戻っても興奮冷めやらぬ様子で、まったく眠る気配がない。

「子守歌でも歌ってみましょうか？」

「こもりうたとは？」

ルシーガが軽く首を傾げて見返してくる。

「子供を寝かしつけるときの歌があるんです」

「ならばその歌とやらで、さっさとファルを寝かしつけてくれ」

急かしてきたルシーガが、ちらりとファルを見やった。

彼はいつになくそわそわしている。

どうやら、早く二人きりになりたいようだ。

晴れて夫婦となった最初の夜は、存分に楽しみたいと思っているのだろう。

ルシーガの気持ちがわからなくもない玲司は、さっそく子守歌を口ずさむ。

といっても、日本に伝わる子守歌はどれも頭の部分くらいしか知らず、最後まで歌うことはできないため、即興で歌詞を作った。

「ファルはいい子だね〜、いい子は眠れ〜……」

ルシーガは珍しそうに聞き入っていたが、肝心のファルはといえば歌に耳すら貸さず玲司の足にじゃれついてくる。

「もう……寝ないとダメだよ」

子守歌も役に立たず、お手上げ状態でファルを抱き上げた。

「マーマ、マーマ……」

彼が玲司の頬をペロペロと舐めたかと思うと、コロンと寝返りを打つ。

「パーパ、パーパ」

今度はルシーガの顔を舐める。

彼はファルに懐かれて嬉しいような、それでいて困ったような顔をした。

父親でもある彼は、気持ち的に複雑なのだろう。

「そうか、川の字になってみましょう」

こうなったらあらゆる手を尽くすしかない。

「それはなんだ？」

「ファルを真ん中にして三人で横になるんです」

ファルを抱っこしたまま敷物に横たわり、手振りでルシーガに寝るよう促す。

「これでいいのか？」

彼が玲司と向かい合って横になると、あいだに挟まれたファルが嬉しそうに長い尻尾をパタパタと振った。

「人間はこのようにして子供と寝るのか？」

「こうやって三人で寝ると、親は我が子を守ってやれるし、親に挟まれていると子供は安心して寝られますから」

「なるほど、そのようだな」

納得して笑ったルシーガが、いつの間にかおとなしくなったファルの背をそっと撫でる。

玲司もファルの鼻っ面を優しく指でなぞった。

ルシーガと見つめ合いつつ、今がチャンスとばかりに二人でファルを寝かしつける。

次第に尻尾の動きが静かになっていき、呼吸もゆっくりになってきた。

先ほどまでぱっちりと開いていた瞳も、もう閉じてしまっている。

寝息を確かめるためにファルの口に耳を寄せると、ルシーガがキスしてきた。

まだファルが完全に寝たかどうかもわからないのに、彼はせっかちすぎる。

ただ、ここで抗ったりしたらせっかく寝そうになっているファルがまた目を覚ましてしまう。

玲司はしかたなくファル越しにルシーガとキスを交わす。

「んっ……」

唇を合わせたまま、ルシーガが玲司の背に手を回してきた。

少しくらい我慢できないのだろうかと呆れたけれど、彼はファルを押し潰さないよう注意深く身体を傾けている。

早く愛し合いたくてたまらないのに、自分の気持ちを優先せずにきちんとファルを気遣う彼が好きだ。

ルシーガと玲司の温もりに包まれているファルが、もそもそと動いて気持ちよさそうに身体を丸める。

ようやく眠りに落ちたようだが、ここで動けば元の木阿弥《もくあみ》になりそうで動けない。

そっとルシーガから唇を離した玲司は、どうしたものかといった顔で見つめる。

「今夜はこのまま寝ることになりそうだ」

ルシーガがしかたなさそうに笑う。

不満はどこにも見受けられない。

こんなふうにファルを挟んで三人で寝られるのが、彼は嬉しいのかもしれない。

「ええ」

同意した玲司は小さく笑った。

このまま眠りにつくのも悪くないように思える。

やっと誰もが認める家族になれたのだから、最初の夜くらい親子で川の字になって寝てもいいのではないだろうか。

これから先、ルシーガと愛し合う機会はいくらでもあるのだから。

「レイ、そなたを愛している」

「僕も……愛してます」

熱っぽい瞳を向けてきた彼に、玲司は柔らかに微笑み返す。

愛される喜び。

家族がいる喜び。

愛する人たちがいる喜び。

寝息をもらすファルの温もりを感じながら、王であり父であり生涯の伴侶であるルシーガを見つめる玲司は、心が満たされていく喜びを噛みしめていた。

あとがき

みなさまこんにちは、伊郷《いごう》ルウです。

このたびは『虎の王様から求婚されました』をお手に取ってくださり、誠にありがとうございました。

本作の舞台は、ネコ科の動物たちが人の姿で暮らす異世界です。異世界といってもほとんどジャングルの中なので、雰囲気的にはちょっとワイルド系でしょうか。

虎が大好きな青年と人間嫌いの虎の王様が出会い、幾多の難関を乗り越え結ばれます。ちびっこ虎も登場する異世界ファンタジーを、お楽しみいただければ幸いです。

最後になりましたが、イラストを担当してくださった古澤エノ先生には、心より御礼申し上げます。

お忙しい中、美麗なイラストの数々をありがとうございました。

二〇二一年　初春

伊郷ルウ

カクテルキス文庫

Cocktail Kiss Label

好評発売中!!

ゴーイン皇子 × 御曹司の豪華ラブ
愛しき我が花嫁、生涯愛することを誓う

花嫁は豪華客船で熱砂の国へ

伊郷ルウ：著
水綺鏡夜：画

大手石油企業の御曹司である優真は、サイヤード王国の妃となる姉の結婚パーティで、第二皇子のマラークと出逢う。強引であり紳士でもある不思議な魅力をもつ彼と、豪華客船で過ごす一時は二人の距離を縮める…しかし突然濃密なキスをされ、優真は混乱してしまう。激しく求めるマラークに気持ちの整理ができないまま眠らされ、四肢を拘束され!? 媚薬を垂らされた躯は怯えながらも熱く疼き、悦楽に苛まれる。それは甘美な軟禁のはじまりで!?

定価：本体 685 円＋税

傲慢王子 × 麗しの茶道宗家次男の恋
美しい花嫁を迎えられて、世界中の誰より幸せだ

熱砂の王子と白無垢の花嫁

伊郷ルウ：著
えとう綺羅：画

悠久の歴史を持つ茶道不知火流宗家の次男・七海は英国に来ていた。外国人の恋人と結婚すると言ってきかない兄・海堂を説得する為に。だが、海堂の恋人・サーミアは砂漠の国の王女と知り大混乱!! 更にその兄・第三王子のサーリムから一目惚れされ、砂漠の国の宮殿に連れ去られ!? 抵抗すると、地下牢に閉じ込められ、媚薬で蕩けるほどの快楽を埋め込まれる。もう離さない、と白無垢に包まれ愛される七海に、逆らう事は許されなくて……。灼熱のラブロマンス。

定価：本体 685 円＋税

Cocktail Kiss Label

カクテルキス文庫

好評発売中！！

◆葵居ゆゆ

青の王と花ひらくオメガ　笹原亜美 画　本体755円＋税

◆伊郷ルウ

天狐は花嫁を愛でる　明神 翼 画　本体639円＋税

赤ちゃん狼が縁結び　小路龍流 画　本体685円＋税

異世界で癒やしの神さまと熱愛　えとう綺羅 画　本体685円＋税

熱砂の王子と白無垢の花嫁　えとう綺羅 画　本体685円＋税

花嫁は豪華客船で熱砂の国へ　水綺鏡夜 画　本体685円＋税

八咫鴉さまと幸せ子育て暮らし　すがはら竜 画　本体755円＋税

◆上原ありあ

囚われた砂の天使　有馬かつみ 画　本体639円＋税

◆海野幸

ウサ耳オメガは素直になれない　小椋ムク 画　本体755円＋税

◆えすみ梨奈

天才ヴァイオリニストに見初められちゃいましたっ！　立石 涼 画　本体685円＋税

◆栗城 偲

嘘の欠片　一夜人見 画　本体755円＋税

◆高岡ミズミ

恋のためらい愛の罪　蓮川 愛 画　本体632円＋税

今宵、神様に嫁ぎます。～花嫁は強引に愛されて～　緒田涼歌 画　本体573円＋税

恋のしずくと愛の蜜　蓮川 愛 画　本体639円＋税

竜神様と僕とモモ～ほんわか子育て溺愛生活♥～　タカツキノボル 画　本体639円＋税

情熱のかけら　えとう綺羅 画　本体685円＋税

月と媚薬　立石 涼 画　本体685円＋税

溺れるまなざし　やすだしのぐ 画　本体685円＋税

オメガの純情～砂漠の王子と奇跡の子～　小山田あみ 画　本体755円＋税

◆橘かおる

神獣の寵愛～白銀と漆黒の狼～　明神 翼 画　本体573円＋税

神獣の溺愛～狼たちのまどろみ～　明神 翼 画　本体630円＋税

黒竜の花嫁～異世界で王太子サマに寵愛されてます～　稲荷家房之介 画　本体639円＋税

神の花嫁　タカツキノボル 画　本体648円＋税

レッドカーペットの煌星　明神 翼 画　本体685円＋税

その唇に誓いの言葉を　実相寺紫子 画　本体685円＋税

神主サマはスパダリでした　タカツキノボル 画　本体685円＋税

黒竜の寵愛～異世界で王太子サマと新婚生活～　稲荷家房之介 画　本体685円＋税

神様のお嫁様　タカツキノボル 画　本体685円＋税

王宮騎士の溺愛　タカツキノボル 画　本体685円＋税

妖精王と麗しの花嫁　香坂あきほ 画　本体685円＋税

いつわりの甘い囁き　すがはら竜 画　本体755円＋税

ツンデレ猫は、オレ様社長に溺愛される　香坂あきほ 画　本体755円＋税

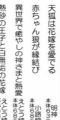

Cocktail Kiss Label

カクテルキス文庫をお買い上げいただきありがとうございます。
先生方へのファンレター、ご感想は
カクテルキス文庫編集部へお送りください。

〒102-0073　東京都千代田区九段北3-2-5 5F
株式会社Jパブリッシング　カクテルキス文庫編集部
「伊郷ルウ先生」係　／　「古澤エノ先生」係

◆カクテルキス文庫HP◆ https://www.j-publishing.co.jp/cocktailkiss/

虎の王様から求婚されました

2021年2月28日　初版発行

著　者　伊郷ルウ
©Ruh Igoh

発行人　神永泰宏

発行所　株式会社Jパブリッシング
〒102-0073　東京都千代田区九段北3-2-5 5F
TEL　03-3288-7907
FAX　03-3288-7880

印刷所　中央精版印刷株式会社

ISBN978-4-86669-375-0　Printed in JAPAN